KB270200

어쩌면 좋아

사노 요코 지음 | **서혜영** 옮김

서커스

차례

어쩌면 좋아

이거 사기?

여든여덟 살의 치매에 걸린 사람이 묻는다. "저 실례지만 올해 몇이세요?" 치매인데도 '실례지만'이라고 예의를 갖추네, 하고 감탄하면서 "네. 예순셋이에요"라고 대답한다. 대답해도 소용없는데, 하고 생각한 순간 또다시 "저 실례지만 올해 몇이세요?" "예순셋이요." "아-아-예순셋, 그래요, 저 실례지만 올해 몇이세요?" 내 입으로 몇 번이나 "예순셋" "예순셋" 하고 말하는 데 지쳐서 "엄마. 나 예순셋이라고요" 하고 위협적인 목소리를 내 본다. 몇 번이나 같은 말을 반복하다보니 한편으로 짜증이 나고 또 다른 한편으로 내가 예순셋이라는 사실이 새삼 의식되어 마음속으로 놀란다.

설마 내가 예순셋? 신기할 것 하나도 없는 당연한 사실인데도 마음 어딘가에서 엣, 설마 거짓말이지 하는 생각이 드는 것이 신기하다. "엄마는 올해 몇이에요?" "나, 어 나, 글쎄 에 네 살쯤 됐나." 어제 틀니가 감쪽같이 사라졌다. 위 틀니를 뺀 사람은 모두 야릇한 인상이 된다. 윗입술이 아랫입술에 밀려들어가서 입 중심이었던 것으로 보이는 움푹 들어간 곳에서 짙은 주름이 방사선 상으로 퍼져 나온다. 엉덩이에 난 구멍 같다.

드디어 네 살!!

언젠가 마흔두 살이라는 대답을 듣고 쇼크를 받았지만, 한 편으로 크게 웃을 수도 있었다. 심술궂게 나는 말했다. "그렇 구나, 내가 엄마보다 나이가 많아졌네." 어머니는 그때는 아 직 내 이름을 가끔은 입에 올렸다. 내가 자식이라는 것을 때 로는 알았다. 내가 그렇게 말했을 때 어머니는 분명히 혼란스 러웠을 것이다. 그 후로 나는 더 이상 어머니에게 나이를 물 어보지 않았다. 이 사람 안에서는 나는 어딘가에 멈춰 서서 더 이상 나이 먹지 않는 아이로 존재하고 있을 게 분명하다. 네 살. 오늘 나는 웃지 않고 주름투성이 네 살을 보고 '호-음' 하고 생각한다. 그런 거구나, 네 살.

어제 눈이 내렸다. 사토 군이 눈을 치우러 와줬다. 나는 사토 군을 중학생 때부터 안다. 올해 그는 예순넷일 것이다. 육각형의 눈 결정 무늬가 수 놓여 있는 털실 모자, 짙은 선글라스, 초록색 파카에 주머니가 잔뜩 달린 바지, 작년에는 없었던 멋쟁이 부츠 차림새로 나타났다. 나름 우리 아들과 하고 다니는 분위기가 거의 비슷하다.

익숙한 몸짓으로 푹, 홱, 기분 좋은 소리를 내면서 눈을 퍼 던지는 사토 군을 보고, 갑자기 "예순의 할아버지가 나룻배를 젓는다네. 나이는 먹었어도 노를 힘차게 젓는다네. 어여차, 어여차, 찌그덕, 삐그덕" 하는, 초등학교 때 부르던 노래가 머릿속에 떠오른다.

그 무렵의 나에게는 예순 살 먹은 뱃사공은 굉장한 할아버지였기에, 이제 슬슬 죽을 나이가 됐는데도 아직 일을 한단다, 감동하세요, 하는 노래라고 생각했다. 그런데 지금의 예순넷은 초록색 파카에 선글라스를 끼고 차를 씽씽 달린다. 사토 군은 자신의 예순넷을, 말도 안 돼, 하고 생각하고 있을까.

지난주에는 사토 부부와 함께 실버 할인으로 〈해리 포터〉를 보러 갔다. 다 같이 꺄아 꺄아, 신이 났다. "굉장하지, 800엔 득봤어." "아 신나." "영화 보러 계속 오자, 웁하하하."

하지만 나는 아랫배가 불편했다. "실버"라고 내가 외쳤을 때 티켓 파는 아가씨는 내 얼굴을 보고 납득한다는 얼굴로 쓰윽 표를 내밀었다. 나는 '당신 나이 속이는 거 아냐?' 하고 의심의 눈초리를 보내주길 바랐는데.

나는 놀랐다. 이제 다른 사람의 눈에도 내가 실버로 보이는구나. 어느새 예순셋이 된 거냐고. 난 몰랐어. 정말로 몰랐다.

푹, 휙, 눈을 퍼 던지는 사토 군, 당신도 예순넷이 되어 자신의 나이에 흠칫 놀라거나 하나요. 예순의 뱃사공에게 〈해리 포터〉 보러 같이 가자고 하면, "아아니, 난 안 가" 하고 언짢아하며 대답할 것 같다.

어렸을 때 할머니의 손등을 두 손가락으로 집으며 노는 게 나의 취미였다. 할머니의 손등을 집으면 손등에 피부로 된 작은 후지 산이 생겼다. 피부뿐인 할머니 손등의 피부는 죽죽 늘어났고, 나는 거기에 생기는 후지 산이 무척 부러웠다. 그래서 토실토실 살찐 내 손등을 집어 보면 피부와 살이 딱 붙어 있어서 탱탱하니 집히지 않았다. 나는 손등이 빨갛게 될 때까지 계속 꼬집어보다가 결국 포기했다.

요즈음 나는 내 손등을 무척 자주 잡아당겨 본다. 오오, 늘어난다, 늘어나. 후지 산이 손쉽게 손등에 솟아오른다. 정상을 향해 주름이 생겼다. 피부만으로 된 얇은 후지 산. 그때 나는 할머니는 태어날 때부터 할머니라고 생각했다. 그 할머니도 예전에는 탱탱한 작은 손을 가진 아이였던 시절이 있었다, 라는 생각은 꿈에도 하지 못했다. 어린 나는 할머니가 여든인지 예순인지도 몰랐다. 여든이든 예순이든 다를 게 없는 할머니였다. 지금 유치원 아이는 나를 보고 그렇게 생각할 것이다.

키우던 고양이가 차차 나이를 먹어갔다. 예쁜 얼굴의 고양이가 정신을 차리고 보니 사각얼굴이 되어 있었다. 털이 나 있어서 눈에 띄지 않았지만, 뺨의 살이 아래로 축 늘어지기 시작한 것이다. 그때 나는 고양이의 얼굴이 어머니의 얼굴과 같은 구조가 된 것을 보고 심히 감탄했다. 둥근 얼굴이었던 어머니가 바로 그렇게 사각얼굴이 되어 있었던 것이다.

그걸 발견한 나는 여동생에게 일부러 전화를 걸어서 "있지 있지, 우리 집 미냐, 어머니랑 같은 얼굴이 됐어. 뺨이 늘어져서 사각형이 됐다니까. 고양이는 얼굴에 털이 있으니 이익이야. 볼이 늘어진 게 가려지잖아." 앗핫핫. 20년 전 나는 그렇게 웃었다. 나는 원래 거울을 가급적 안 보며 살아온 사람이다. 그런 내가 지금 거울을 보니 "이럴 리가-"와 "어라?" 하는 말이 번갈아가며 가슴께에서 솟아올라온다.

내 얼굴이 20년 전의 미냐랑 어머니의 얼굴과 닮아 있지 않은가. 나도 이제 얼굴이 사각형이다. 뺨의 살은 목 쪽으로 축 늘어졌다. 옛날에는 못생긴 것을 확인하고 싶지 않아서 거울을 안 봤다. 지금은 원형이 어떻게 파괴되고 있는지 확인하고 싶어서 일부러 고개를 돌려서 거울을 본다. 아- 못생긴 건 아무것도 아니었다. 모, 모, 모르는 사이에, 아니 알고는 있었지만, 이, 이러, 이렇게 돼버리는구나.

나는 늙어가는 것을 쭉 확인하면서 살아왔다. 세월과 함께 겉모습만이 아니라 속도 망태기에 쓰레기를 넣은 것처럼 점점 부풀었다. 생명체가 나이를 먹는 것은 자연의 조화이며 우주의 법칙이다. 사람이 나이를 먹는다는 건 조금도 이상할 게 없는 일이다. 저 사람도 나이 먹었네, 나도 나이 먹었네, 잘 안다. 그래도 거울을 보면 '거짓말, 이, 이게 나야? 말도 안 돼' 하고 생각하고 만다. 사기를 당한 기분이다.

그렇다고 실리콘을 넣거나 피부를 당기거나 할 생각은 없다. 그저 그럴 때마다 '거짓말-' 하고 생각할 뿐이다. 아- 못생긴 것 따위는 아무것도 아니었다.

붕괴는 멈추지 않는다. 부쩍부쩍 속도를 더해간다. 그러는 사이에 익숙해지는 걸까. 태연자약해지는 걸까. 자포자기해 버리는 걸까.

예순셋이 되자 건망증이 심해져서 물건 이름과 사람 이름이 입에서 바로 나오지 않는다. "그거, 그거""그 사람, 그 사람" 하고 하루에 50번은 말한다. 기억력의 살이 늘어지는 거다. 집중력이 떨어져서 일을 계속하지 못한다. 정신력의 살도 늘어지기 시작한다. 그럴 때 나는, '엇, 거짓말, 거짓말, 이럴 줄 몰랐어'가 아니라, 어쩔 수 없는 거구나, 이게 나이란 거야, 하고 묘하게 차분한 마음이 된다.

'인간은 엄청 튼튼해. 60년이나 계속 움직이는 기계는 없어. 그런데 매일 사용하잖아. 자고 있어도 내장은 1초도 쉬지 않고 일해. 가끔씩 손질을 해주면 100년이나 계속 움직여. 100년이나 달리는 차 봤어?' 하고 매우 긍정적으로 생각하는 때도 있다. 능력이 쇠퇴하는 것은 슬프긴 하지만 이렇게 받아들여 가게 되는데, 그래도 자식도 못 알아보게 되는 치매만큼은 걸리고 싶지 않다. 내장 깊숙이 어두운 곳 밑바닥에 치매에 대한 공포가 눌러 앉아 있다.

(면밀한 조사 같은 거 결코 하지 않도록 주의하며) 63년의 내 인생

을 흘낏 돌아보니, 눈 깜짝할 사이였던 것 같기도 하고, 이제 지긋지긋하니 그만 봐주세요, 너무 길었어요, 하는 마음이 되기도 한다. 두 가지 생각이 뒤죽박죽이 되어 짧았는지 길었는지 잘 모르겠다. 그래서 오늘까지 산 걸로 딱 됐으니 오늘 죽어도 좋다고 매일 생각한다.

거울을 보고 "거짓말, 이게 나야?" 하고 흠칫하는 순간을 제외하고, 혼자 있을 때 나는 도대체 몇 살일까. 푸른 하늘에 하얀 구름이 흘러가는 것을 바라보면 세계는 어릴 때와 다름없이 나와 함께 있다. 예순 살이든 네 살이든 '내'가 하늘을 보고 있을 뿐이다. 별안간 거미집이 얼굴에 달라붙었을 때 놀라는 마음은 일곱 살 때나 마흔 살 때나 지금이나 다 같아서 그냥 내가 놀라는 것이다.

혼잡한 도회의 교차로에서 안절부절못하면서 빌어먹을, 이라고 외치는 것은 서른 살이나 쉰 살이나 마찬가지, 다른 사람이 아니다. 십대 때는 인간은 마흔이 넘으면 어른이란 것이 되어 세상을 모두 이해해서 어떠한 어려움에도 잘 대처할 수 있을 줄 알았다.

이제와 생각하면, 십대 때의 나는 자신의 일 이외의 것에 대해서는 생각하지 않았다. 함께 살고 있는 동시대의 사람들한테 말고는, 이해나 상상력을 진정으로 발동시키려 하지 않았다. 하지만 내가 정말 마흔이 되고 쉰이 되자, 나는 내 젊음의 단순성과 어리석음, 천박함을 몹시 부끄러워하게 되었다. 그 나이가 되어서야 다른 아줌마들의 기쁨과 괴로움과 슬픔에 공감할 수 있게 되었고, 그래서 인생은 마흔부터일지도 모른다, 나이를 먹는 것은 기쁨이기조차 하다, 고 생각하게 되었다. 그러다가 어느 날 마흔이든 쉰이든, 사람은 결코 갈팡질팡하지 않는 법이 없다는 사실을 깨닫고는 깜짝 놀랐다. 뭐야 아홉 살 때랑 똑같잖아.

도대체 몇 살이 되면 어른이 되는 걸까. 혼란스럽기는 아홉 살 때보다 더하고 바닥은 더 깊어질 뿐이었다. 인간은 조금도 똑똑해지지 않는다. 그렇게 어렴풋이 깨닫기 시작했다. 똑똑한 녀석은 태어났을 때부터 똑똑하다. 바보는 태생이 바보고, 나이를 먹는다고 해서 바보가 아니게 되는 것은 아니다. 바보는 똑똑한 놈이 경험하지 않는 바보의 인생을 계속해서 되풀이한다. 마흔이든 쉰이든 아홉 살 때와 다르지 않은 후회와 기쁨을 되풀이하는 것이다. 그리고 생각했다. 바보의 인생을 사는 쪽이 더 재미있을지도 모른다고.

그리고 예순세 살이 됐다. 어정쩡한 노인이다. 노망든 여든여덟 살은 여지없이 완연한 노인이다. 완연한 노인이 됐을 때, 인간은 나이 같은 거 초월하여 "네 살쯤 됐나"라고 말씀하시는 거다. 나는 그것이 옳다고 생각한다. 내 안의 네 살은 죽지 않았다. 흰 눈이 내리면, 나는 내가 네 살이든 아홉 살이든 예순세 살이든 다를 게 없이 좋아서 팔짝 뛴다.

노망들면 본인은 편하구나 하고 말하는 사람이 있는데, 말도 안 된다. 멍하고 있는 네 살의 여든여덟 살은 의지할 곳 없는 고아나 마찬가지다. 나이를 모르기에, 자식을 못 알아보기에, 계절을 모르기에, 모르기 때문에 계속 실존 그 자체에 대한 불안에 떤다.

여든여덟 살 노망든 이의 불안과 공포가 나에게 정확하게 전달된다. 이 불안과 공포를 달래주려면 24시간, 어머니가 네 살짜리 아기를 계속 안아주듯이, 누군가가 계속 안아주는 것 말고는 방법이 없을 것이다. 내 아기는 24시간 계속 안고 있을 수 있지만, 여든여덟의 어머니를 24시간 계속 안아 주는 것은 나는 할 수 없다.

그리고 결국 나도 그렇게 될 것이다. 예순세 살이 되어서야 사기에 걸려들었다는 것을 깨닫고 놀라니 나도 참으로 어리숙한 인간이다.

고맙다

무척 맑은 날이다. 아직 땅 위에는 눈이 남아 있지만 마치 겨울 코트에 붙어 있던 안감이 감쪽같이 사라진 것처럼 봄기운이 스윽 다가왔다.

주위의 나무들을 가까이 다다가 살펴보니 작고 단단한 꽃눈이 뾰족뾰족 하늘을 향해 서 있다.

나무들은 앙상한 할머니들이 벗은 몸으로 목욕 순서를 기다리는 것처럼 나란히 서 있지만, 가만히 살펴보면 나무는 실로 훌륭하다. 겨우내 할아버지 할머니로 있다가도 봄이 다가오면 눈 덮인 땅에서 물을 빨아올려 늠름하게 새 생명의 채비를 갖춘다. 자연은 훌륭하다. 억지를 쓰지도 않고 소란을 피우지도 않으면서 싹트는 생명을 뿜어내려 한다.

인간은 그렇게는 안 된다. 봄이 된다고 하여 지난가을에 뼈만 남아 있던 할머니에게 갓 태어난 아기 같은 싱싱한 피부가 다시 돋아나는 일은 없다. 한 겨울 겨우 넘기고 나면 더욱 완연한 할머니가 되어 있을 뿐이다.

현관 옆 노각나무에서 1밀리미터 정도 크기의 꽃눈을 손을 뻗어 손톱으로 비틀어 뜯으니, 바깥쪽은 메마른 나무 색깔인데 안에는 선명한 신록이 단단하게 차 있다.

냄새를 맡아보니 풋내가 난다. 나에게도 풋내가 난 적이 있던가. 내가 새싹이 될 리는 없는데도 배꼽 밑에서부터 스멀스멀 기뻐진다. 고맙사와요. 뭐에 대해 고맙다고 생각하는지, 고맙사와요. 인간도 벌레와 비슷해선지 봄기운이 돌면 벌레가 땅 속에서 고개를 쳐들고 기어 나오듯이 집 밖으로 나가고 싶어진다. 벌레도 땅속에서 나올 때 기쁠까.

차를 끌어내서 양 옆으로 눈을 높이 쌓아올린 길을 달리는데, 돌연 백주몽의 한가운데로 들어간 것처럼 시간과 공간이 날아갔다. 길 한가운데로 바지를 입은, 상반신 없는 하반신이 총총걸음으로 걸어가는 게 아닌가. 온몸의 털이 곤두섰다. 하반신만 있는 유령이 나타난 건가. 브레이크를 밟을 정신도 없이 하반신의 옆을 지나가다 보니, 할머니가 상반신을 90도 이상 꺾고 총총걸음으로 걷고 있었다. 뒤에서 봤기 때문에 하반신밖에 보이지 않았던 거다. 90도 이상 상반신을 꺾은 할머니역시 봄기운 도는 공기에 이끌려 벌레처럼, 나처럼, 기어 나온 걸까.

아라이 씨 집에 가는 도중에 눈으로 덮여 있는 고귀하고 엄숙한 산줄기가 시야에 들어왔다. 이미 몇 년이나 본 산인데도마치 오늘 처음 본 것처럼 새로워 보였다. 그 정도로 하늘이파랬다. 벌써 몇 년째 봐왔는데도 이름을 모르고 있었다는 사실을 깨닫고 아라이 씨 부인에게 "저 산 이름이 뭐지요?" 하고 물었더니, "이쪽이 시라네 저쪽이 구사쓰". 아아 그렇구나,시라네도 구사쓰도 몇 번이나 가봤다. 저런 높은 곳엘 갔었구나, 하고 나 자신에게 감탄했지만 실은 몸을 써서 열심히 올라간 것이 아니라 차를 타고 갔었다. 반칙을 한 것 같은 기분이 들었다.

"내가 시집 왔을 때, 남편한테 저 산 이름이 뭐냐고 물었더니 '몰라(시라네)'라고 말하는 거예요. 글쎄 몇 십 년이나 이곳에 살면서 모른다니, 내가 이런 사람한테 시집 왔구나 싶더라고요. 그런데 알고 보니 그게 그 산의 이름이었어”*라고 아라이 씨 부인이 말해서 둘이서 웃었다. 아라이 씨가 새색시를 맞이하여 쑥스러워서 말이 무뚝뚝하게 나왔던 모양이다. 그때 청년 아라이는 산을 돌아보지 않고 그냥 부인을 바라본 채 그렇게 대답했던 건지도 모르겠다.

여름이든 가을이든 아라이 씨 집에 가 보면 남편 아라이는 없어도 부인 아라이가 없는 일은 절대 없다. 남편 아라이는 여기저기 모임에 참석하러 나가거나 시장에 물건을 내다 팔러 가거나 씨앗이니 농사도구 같은 걸 사러 나가거나 하고, 여름날 저녁에는 낚시하러 가고 가을 산이 돌아오면 버섯을 따러 가거나 하여 집을 비우는 일이 있지만, 부인 아라이는 절대로 집을 비우는 일이 없다. 가 보면 늘 집 안에서 뭔가 일을 하고 있다. 나같이 아무렇게나 누워 뒹굴며 와이드 쇼를 보면서 땅콩을 먹거나 하지 않는다.

아라이 씨네 집 현관 옆에는 칠판이 나와 있고, 아라이 씨는 거기에다가 미야자와 겐지가 했던 것처럼 ‘하우스 안에

* ‘시라네しらね’는 ‘몰라’라는 뜻. ‘몰라’라는 말과 산 이름의 발음이 같은 데서 오해했다는 것이다.

있습니다'라든가 '집 앞 밭에 있습니다'라고 백묵으로 써 놓
곤 했다. 아라이 씨는 '비에도 지지 않고 바람에도 지지 않
고……' 하는 시*를 내 앞에서 끝까지 단숨에 외워 들려줄 때
가 있는데, 그럴 때면 한 자도 틀리지 않는다. "하루 4홉의 현
미를, 이란 건 옛날 얘기지. 요즘엔 3홉으로 바뀌었어. 누가
4홉이면 과식이라고 했더라? 하긴 옛날엔 농사꾼 밥상에 지
금 같이 반찬이 많지 않았으니까. 그래도 난 4홉으로 놔두는
게 좋다고 생각하는데" 하는 그의 말을 들으며 그의 지식에
감탄하곤 한다. 언젠가는 요사노 아키코의 〈그대여 죽지 말아
다오〉**를 끝까지 암송하는데, 그 엄청나게 긴 시를 외워내는
걸 보고 정말로 놀랐다.

부인은 옆에서 조용히 차를 내리거나 장아찌를 내놓거나
한 다음에 잠자코 앉아 있다. 부인은 진심으로 아라이 씨를
존경하고 있을 거다.

나는 아내는 저래야 한다고 늘 생각한다. 만약 내가 아내라

---

* 미야자와 겐지의 시 〈비에도 지지 않고〉의 도입부. '하루에 현미 네 홉과
된장과 채소를 조금 먹고……'라는 대목도 시에 나온다.
** 러일전쟁 중에 뤼순에서 군인으로 복무 중인 동생을 걱정하며 쓴 시.

면 "왜 당국은 아키코를 감옥에 넣지 않았을까?"라든가, "메이지 시대 여자가 지금의 페미니스트보다 훨씬 결사적이고 간도 컸어"라고 안 해도 좋을 말을 했을 게 분명하다. "집안일은 평등하게 하자" 하는 식으로, 분쟁의 씨앗을 흩뿌리면서.

언젠가 아라이 씨 부인이 밭에서 골판지 상자를 엉덩이 밑에 깔고 앉아 옥수수를 따고 있었다. 무슨 일이냐고 물었더니 "무릎이 아파서" 하기에, "그럼 의사한테 가봐야죠" 하고 내가 깜짝 놀라 말했다. 그러나 아라이 씨 부인은 "응, 옥수수가 끝나면" 하고 웃으며 말하고 일을 계속했다. 나는 왜 저렇게 미련하게 굴지 하고 조바심을 치면서도, 정말은 어디가 조금만 아프면 바로 신이 나서 의사한테 달려가는 내가 잘못된 건지도 모른다는 생각이 들었다. 아라이 씨 부인은 나처럼 마구 덤벙대면서 다급하게 살지 않는 것일 뿐이다.

재작년 가을 아라이 씨가 폐렴에 걸려 입원했을 때, 부인이 조를 수확하는 것을 며칠 도와주면서, 나는 처음으로 부인과 많은 이야기를 나눴다.

"소를 키웠을 때가 가장 힘들었어요. 그때는 착유기가 없어서 손으로 젖을 짰는데 엄청 힘들었어요. 젖이 잘 나오는 소랑 잘 안 나오는 소가 있잖아요. 잘 안 나오는 걸 짤 때는 정말 힘들어서 어깨가 돌덩이같이 되곤 했어요. 소는 하루도 안 쉬잖아요. 젖이 차오르니 말이죠. 여기는 겨울에는 밭이 얼어서 밭일을 쉬니까 편한데, 소는 겨울에도 매일 젖을 짜야 해요. 눈이 와도 비가 와도 젖은 돌거든. 아- 떠올리기도 싫어. 아- 기억하기도 싫어" 하는 거였다.

세 아이들도 한창 클 때였을 것이다. "지금은 정말 편해요" 하고 아라이 씨 부인은 말하지만, 내 눈에는 요만큼도 편하게 사는 게 아니다. 부인을 보고 있으면 나는 인생을 꾀부리고 살아온 것 같은 기분이 든다. 비가 오거나 바람이 불면 따뜻한 집 안에 박혀 있었고, 붓보다 무거운 걸 든 적도 없다. 내가 없어도 세계는 아무런 어려움 없이 돌아갈 터이니 노아의 홍수가 나면 높은 곳에서 내려다보던 신이 "'그림책 작가'는 필요 없다. 바다에 빠뜨려라"라고 할 것이다. "그리고 '농가의 아라이 부부'는 특별석에 앉히거라"라고, 아무리 어리석은 신이라도 맨 먼저 확신에 차서 그렇게 분부하실 것이다. 틀림없다.

나는 조를 서걱서걱 베면서 "저기요, 저 멀리 저 앞에까지가 다 조예요?" 하고 멀리 조 이삭의 파도가 시야에서 어렴풋해지는 이랑을 보면서 말했다. "아하하, 길지요" 하고 아라이 씨 부인은 아무렇지도 않게 말했다.

작년에는 태풍이 와서 밤중에 강낭콩이 전부 쓰러져 못 쓰게 되어 버렸다. 남편 아라이는 밤중에 폭풍우 속에서 몇 번이나 밭에 나갔고, 마지막에는 흠뻑 젖어서 "글렀어" 하고 한마디 하고 잤다고 한다. 40년을 매일 변덕스러운 날씨에 잠자코 따른다. 자연이 미울 거라고 생각했다.

"농가에 시집오길 잘했다고 생각해요?" 하고 물었더니, "하루도 그렇게 생각한 적 없어요." "그럼, 장사꾼은?" "아아 싫어. 굽실굽실 절하는 거 난 싫어. 말도 서툴고." "그러엄, 월급쟁이는?" "월급쟁이도 싫어요. 무슨 일 생기면 아무것도 남는 게 없잖아." "그럼, 다음 생에 태어나면 어떻게 할 거예요?" "아무데도 시집 안 가요" 하고 딱 잘라 말했다.

가끔 밭 옆에서 골판지 상자를 엉덩이에 깔고 쉬었다. 눈앞에 아사마 산이 떡 하니 보이고, 가을 하늘은 깊고 파랗다. 나는 밖에서 일하는 건 참으로 기분 좋은 일이구나 하고 생각한다. 어쩌다 하는 일이어서 그런가. 아라이 씨 부인은 일하면서 이런 풍경을 늘 봐 왔기 때문에 싫증이 나지는 않을까.

"요즘은, 마에바시에 있는 친정에 가도 뭔가 복작거려서 싫어요. 옆집 텔레비전 소리도 그대로 들리고, 정말로 가슴이 답답해. 거기 있다가 돌아오면 정말로 기뻐요. 요즘 생각해요. 시집오길 잘했다고 생각하는 건, 자연이 정말로 좋아서예요. 정말로 자연이 좋아. 그것만큼은 좋아. 그것만큼은 잘됐어. 봄에는 봄 산이 되잖아요. 가을 산도 곱지요. 정말로 고와. 정말로. 매일 생각해요, 산 보면서.”

나는 매일 자연을 보고 있다가는 더 이상 진기하지도 흥미롭지도 않게 될지 모른다고 생각하고 있었는데, 전혀 아니다. 하룻밤에 밭을 쓸어버리는 자연이 밉겠지 생각했는데, 그것을 넘어서 자연은 굉장한 거다.

아라이 씨 부인은 아사마 산을 바라보며 ‘산 너머 저쪽 하늘 멀리 행복이 있다고 말하기에’ 하고 둥실둥실 아사마 산 저 너머를 상상하거나, ‘낙엽송 숲을 지나, 낙엽송을 다시금 본다’ 같은 감상에 젖거나 하지 않는다고, 나는 확신한다. 사람이 지어낸 그 어떤 말도 자연을 따라가지 못한다. 아라이 씨 부인은 손톱 끝에서 뼛속까지, 말을 넘어선 자연이 빛의 가루처럼 묻어 있다. 내가 눈 덮인 아사마 산에 압도당해도, 나를 스쳐가는 그때의 감상은 빌려온 것일 뿐, 정말은 아라이 씨 부인의 것이다. 하늘도 아라이 씨 부인의 것이다. 바람도, 눈도, 아라이 씨 부인의 것이다. 그리고 모든 자연은 남편 아라이 씨의 것이다. 라고, 재작년 조밭 안에서 나는 생각했다.

아라이 씨 부인은 시라네 산의 이름을 가르쳐준 뒤에 땅을 기어가는 냉이 잎을 많이 따서 내게 줬다. 눈 아래 냉이는 벌써 초록색이었다. 이것은 나물을 해먹으면 맛있다. 초록이 하나도 없는 세상에서 냉이의 잎은 개구쟁이 남자아이처럼 파릇했다. 남편 아라이 씨는 거실에서 텔레비전을 보고 있었다. "오늘은 날씨가 좋으니까 산에 가서 나무를 정리해야겠어. 요즘은 아무도 산을 안 돌봐. 외국에서 싼 목재를 수입해 들여오니까 산에 있는 나무를 안 베어 가는 거야. 제재소가 다 망해버렸어. 산을 내팽개치면 온 일본이 황폐해져. 강도 산도 황폐해져. 무슨 일이 있을 때 제재소가 없으면 아무것도 못 해" 하고 남편 아라이는 말하더니 뜬금없이 "인공위성에서 보면 중국의 만리장성이 육안으로 보인다지"라고 한다. 갑자기 왠 엉뚱한 이야기? 했더니, 엉뚱한 이야기가 아니었다. "만리장성은 벽돌로 쌓았지. 그만큼의 벽돌을 구우려고 주변의 나무를 전부 베어버렸어. 중국인은 내버려둬도 백 년이면 원래 상태로 돌아간다네, 하고 나무를 심지 않았어. 그런데 2500년이 지나도 주변에 나무는 자라나지 않았어. 그래서 만리장성이 육안으로 보이는 거야." 부인 아라이 씨는 차를 내려주고 남편 아라이 씨는 집을 나서서 산으로 갔다.

봄이 좀 더 진해졌다. 또 아라이 씨네에 갔다. 산이 회색과 분홍색을 섞어 놓은 것 같은 빛깔이 되었고 그 아래에서 산 전체가 조금 부풀어서 마치 웃고 싶은 것을 꾹 참고 있는 것 같았다. 마당에서 아라이 씨 부부가 노란 플라스틱 상자 두 개를 딱 붙여 놓고, 그 앞에 마주 앉아 뭔가 하고 있다. 멀리서 보니 어린 남자아이와 여자아이가 사이좋게 소꿉놀이를 하고 있는 것 같다. 저렇게 딱 붙어 있지 않아도 좋을 것을 하는 생각이 들 정도로 딱 마주하고 있다. 곁에 다가가 보니 양배추 씨를 핀셋으로 한 알씩 검은색의 작은 플라스틱 화분에 꽂아 심는다. 마주보고 있는 아라이 씨 부부를 보면서 왠지 모르게 고마운 것을 봐버렸구나 하는 마음이 들었다.

오늘이 아니라도 좋아

　어제 낮, 전날 밤 너무 많이 만든 유부초밥과 너무 많이 만든 조림, 너무 많이 끓여 놓은 국을 냄비째 차에 싣고 사토 군네 집에 점심을 먹으러 갔다. 편도 18킬로미터 산길을 내려간다. 여기서는 18킬로미터라도 이웃이다.

　아라이 씨 집에는 잎사귀가 어른 우산보다 더 큰 머위가 있다. 머윗대 하나를 조리면 냄비 하나가 가득 차는데 줄기는 부드럽다. 딱 꼬치어묵 정도의 굵기로 꼬치어묵만 한 구멍이 뚫려 있다. 작년에 하나를 받아서 우산처럼 어깨에 걸치고 걷자니까 키가 큰 사토 군조차 코로보쿠루(본 적은 없지만)나 난쟁이 같아 보였다.[*] 키가 작은 마리코는 귀여운 요정처럼 보였다. 작년 여름 셋이서 한 줄기씩 받은 머위를 어깨에 걸치고 오면서 서로 바라보며 깔깔거리고 웃었다.

사토 군은 얼마 전에 "그 커다란 머위의 어린 꽃대, 이 만큼 컸었지?" 하고 손을 배구공만 한 크기로 만들며 물었지만, 난 꽃대에 대해서는 생각해본 적이 없었다. 사토 군이 "보고 와" 하고 몇 번이나 말했기 때문에, 아라이 씨 집에 간 김에 집 뒤의 거대 머위가 나는 곳에 가봤다. 낙엽 속에서 어린 꽃대가 붕긋붕긋 많이 나와 있었는데, 보통 머위 꽃대보다 조금 클 정도지 배구공만 하지는 않았다.

아라이 씨에게서 그것을 네 개 받아와서 사토 군에게 보이고 "이게 그 어린 꽃대야" 하자 "뭐-야" 하고 굉장히 실망한 목소리를 냈다. 하지만 사토 군은 그 거대한 머위에 계속 마음이 가는지 "그 거대 머위, 나 좀 안 주려나, 우리 집에 좀 심고 싶은데" 했다. 그래서 "받아다줄게" 하고 나는 자신만만하게 말했다.

유부초밥을 꺼내 놓고 먹는 중에 사토 군이 돌연 "내 장례

---

* '코로보쿠루'는 일본의 원주민인 아이누의 전승에 등장하는 난쟁이를 이르는 말이며, 뜻은 '머위 잎 아래 사람'이다.

식은 집에서 해줘, 마리코” 하고 말했다. 마리코는 “뭐-? 싫어. 집에서 장례 치르는 거 굉장히 힘들거든. 온 집안을 다 치워야 할 뿐 아니라, 그럴 장소도 없어.” “치우는 게 뭐 그리 힘들다고. 여기 이쯤을 싸악 치우면 될 텐데.” 죽은 사람일 사토 군이 싸악 치운다고 한다.

“관은 조기쯤에 두고 말이지. 사람들은 마당 이쪽에서 와서 이쪽으로 가면 되잖아. 여기서 절하게 하고.” 죽은 사토 군이 말한다. “뭐-? 싫어.” 사토 군도 마리코도 전혀 죽을 것 같지 않다. 사토 군은 체형으로 봐서 아흔다섯 지나서까지 편히 숨쉬며 살 수 있을 것 같고, 마리코의 아버지는 나이가 아흔인데 아직도 테니스를 친다고 한다. 수명은 뭐니 뭐니 해도 유전자다. 이 중에서 가장 일찍 뻗을 사람은 난데, 내 유전자는 내가 뻗기 전에 먼저 치매를 가져다줄 것이 분명하다.

“그래도 난 장례식은 집에서 하는 게 좋다고 생각하는데. 옛날엔 모두 집에서 했잖아.” 죽어버리면 본인은 장례식을 어디서 하든 알 리가 없다. “알았어. 알았어. 사토 군의 장례식은 내가 여기서 훌륭하게 치러줄게. 그 부지런한 호시다 씨한테 부탁해서 둘이서 빠짐없이 야무지게 치러줄게.” 나는 아라이 씨네서 거대 머위를 받아다주겠다고 할 때처럼 가볍게 장담

하듯이 말했다.

그러나 사토 군은 왜 자신이 먼저 죽는다고 생각하고 아내에게 자신의 장례식을 부탁한 걸까. 마리코도 왜 자기가 남을 거라고 생각하고 "싫어" 하고 대꾸한 걸까. 나 역시 내가 먼저 죽을지도 모르는데 "알았어, 나한테 맡겨" 한 것은 이상한 일 아닌가. '죽는 것은 늘 타인'인가? 살아 있는 인간에게 절대로 확실한 것은 죽는 것뿐이다. 태어나지 않는 사람은 있지만 죽지 않는 사람은 이 세상에 한 명도 없다.

나도 장례식은 집에서 하는 게 좋다고 쭉 생각해왔다. 집에서 하는 장례식이 어렵다면 절에서라도 해줬으면 좋겠다. 무종교란 놈이 가장 문제다. 종교적인 의례가 수반되지 않으면 장례식을 해도 리듬감이나 긴장감이 없어서 사람이 정말로 죽은 것 같지가 않다. 장례식은 일종의 집단심리의 장이다. 그래서 울 생각도 없으면서 핸드백에 새 손수건은 반드시 넣고 간다. 댕- 하고 굵고 낮게 울리는 커다란 대접 같은 것을 스님이 두드리면 어두운 저세상을 들여다보는 것 같은 기분이 든다. 그쯤에서 누군가가 울기 시작하면 그만 나도 전염되어 같이 운다. 눈물이 나오지 않으면 내가 몰인정한 인간은 아닌가 하고 조바심치게 되는, 그런 게 장례식이다. 장례식은 그렇게 하여 속세와 자신을 구분 짓고, 그렇게 하여 이승과 저승을 갈라 주는 거다.

　이 주변에서는 장례식은 집에서 하는 것이 보통인 모양이다. 새해에 마코토 씨 아버지가 돌아가셨다. 벌써 예전부터 상태가 안 좋아서 "아버님, 오늘은 어떠세요?" 하고 물어보면 "힘들어, 힘들어" 하고 끙끙댔다. 며느리인 아케미 씨가 "아버님, 몸은 어떠세요?" 하고 물어보면 역시 "힘들어, 힘들어" 하고 끙끙 소리를 냈다. 어느 날 아케미 씨가 "몸은 좀 어떠세요, 아버님?" 하고 물었더니 "하치로 다음이겠지" 해서 무슨 소린가 하다가 '하치로 다음은 구로'라는 걸 알았다고 한다.*
　"뭐 좀 마시고 싶으세요?"라고 물으면 "이렇게 가슴이 뻥 뚫리는 거" 해서, 늘 사이다를 드렸다. 사이다를 마시면 "음, 뻥 뚫렸어" 했다고 한다. "글쎄 그 노인네, 사이다를 트럭 두 대 분량은 마셨을걸요" 하고 마코토 씨는 껄껄 웃으며 말했

---

* '하치로八朗'는 여덟 번째 아들에게 흔히 붙이는 이름이고, 일본어 발음 구로를 한자로 쓰면 九郎(아홉 번째 아들의 이름)라고도 쓸 수 있고 苦労(고생)라고도 쓸 수 있어서 할아버지가 말장난을 한 것이다.

다. 나는 노인이 가족에게서 "오늘은 좀 어떠세요?"란 말을 들으며 살 수 있다는 사실을, 머리를 숙이고 듣고 있었다.

마코토 씨는 아버지와 목욕도 함께 하러 갔었다. "욕조에 들어가고 싶어 하지 않지요. 하지만 일단 들어가게 하면 순해지셨어요. 그래도 뭐랄까, 잠지만큼은 못 씻기게 하는 거예요. 이렇게 앞을 가리고, 절대로." 그런 걸까. 나는 도쿄에서 아버지를 목욕시켜드렸다는 아들의 이야기를 들어본 적이 없다. 마코토 씨는 밤에도 아버지 곁에서 잤다고 한다. "그 노인네, 그야말로 두 시간마다 오줌을 눠요. 정말로 두 시간마다." 마코토 씨는 듣는 사람이 걱정스러울 정도로 그런 이야기를 천연덕스럽게 말하더니 "알고 있었지만, 실은 소변이 아니었을 걸요. 외로웠던 거예요" 하고 말을 맺었다.

어느 날, 할아버지가 갑자기 "몸을 닦아줘" 해서, 무슨 일이지? 신기하네 하면서 몸을 깨끗이 닦아줬다고 한다. 평소랑 다른 건 하나도 없었다고. 그리고 잠시 후에 "뭐 좀 뻥 뚫리는 거"라고 하기에 빨대 달린 컵에 사이다를 넣어 마시게 했다. 할아버지는 그걸 마시고 나서 바로 꼴깍 하고 숨을 거두었다고 한다.

"스스로 염습을 하고 마지막 마쓰고노미즈*도 스스로 마시고, 바로 가셨어." 마치 어디서 전해 내려오는 한 편의 전설 같지 않은가.

마코토 씨는 무척 훌륭한 장례식 인사를 했다고 한다. 예전에는 말 많은 좌익운동가였던 마코토 씨는 "지금 와서 생각해 보니 나는 늘 아버지의 등을 보며 자랐습니다"라고 자기가 쓴 글을 낭독하면서 그만 울어버렸다고 한다.

나는 마코토 씨가 우는 모습을 못 봐서 손해 봤다는 생각이 들었다. 마코토 씨에게서는 할 일을 다 한 사람이 풍기는 후련한 느낌이 있다. 아케미 씨도 그렇다.

나는 어렸을 때 아버지가 "일본의 가족제도는 남겨둬야 해" 하고 말했던 것을 기억하고 있다. 농사꾼의 일곱 번째 자식으로 태어나 마소 이하의 취급을 받으며 커야 했던 아버지가 가족제도를 남겨둬야 한다고 말하는 것이 신기했다. 나는 아버지의 말을 깊이 새겨듣지 않았다. 그저 농사꾼 장남한테 시집 가면 지옥이겠지 하는 생각만 했다.

부모를 이 집 저 집 돌아가며 사시게 하다가 나중에는 독신인 누나나 여동생한테 억지로 떠맡기고 모른 체하고 살고, 그

러다가 부모가 죽으면 장례식에 나타나 재산은 평등하게 나
눠가져야 한다고 주장하는 뻔뻔한 자식들이 있다. 핵가족은
핵분열을 일으킨다. 분열한 핵은 원래의 가족으로는 돌아가
지 않는다.

며칠 전, 큰 장례식이 있었다. 화환이 차도까지 비어져 나
왔고 교통정리 경비원이 열 명쯤 나와 있었다. 초등학교 운동
장 정도의 광장에 차가 몇 백 대나 서 있었다. 타지에서 들어
온 나 같은 사람은 누가 죽었는지 알 도리가 없었지만, 그래
도 이런 작은 동네에서 장례식이 거창하기도 하네 하고 생각
했다.

장례식장에는 마코토라는 이름의 화환이 세 개나 있었다.
마코토 씨와 아케미 씨가 놀러 왔다. 죽은 사람은 마코토 씨
네 친척 되는 사람으로 나이가 이미 아흔이 넘은 사람이었다.
일가친척이 큰 건설회사를 함께 경영해 왔는데 그 창업자가
죽은 거라고 했다. 그들은 이 주변에서도 보기 드물 정도로
화목한, 훌륭한 집안을 이루었으며 일가친척들은 그 돌아가
신 할아버지를 보통 이상으로 따랐다고 한다.

마코토 씨가 기운 없이 말했다. "글쎄 나도 마음이 찡하더
라고. 아흔인 할아버님이 돌아가셨는데, 일가친척 몇 십 명이

할아버지한테 매달려서 엉엉 서럽게 우는 거예요.” “우는 흉내를 내는 것 같아서 좀 연극스럽거나 하지는 않았어요?” 마음보가 비뚤어진 나는 말한다. “절대로 아니야. 보면 알 수 있어요. 저건 정말로 마음에서부터 우러나서 슬퍼하고 있는 거라고.” 아케미 씨는 단언한다.

나는 친구 시어머니 장례식에서 V사인을 하는 사람도 봤고 아버지의 유골함을 흔들면서 신이 나서 걸어가는 남자도 봤다. 그 정도로 노인은 가족에게 무거운 스트레스 덩어리가 되었다. 그리고 우리는 두려워하고 있다. 우리 역시 가족에게 스트레스만 주는 존재가 되는 게 아닌가 하고. 아니 벌써 그렇게 됐는지도 모르지.

핵가족한테 노인은 감당할 수 없는 존재다.

돌아가신 할아버지는 증손자까지 포함하면 일가친척이 몇십 명이나 되었다고 한다. 그 사람들이 한 명도 빠짐없이 슬피 울며 관에 매달리는 것을 보고, 마코토 씨는 “난 냉정한 아들이었구나 하는 마음이 들었어. 나는 저렇게 슬퍼서 정신을 못 차릴 정도는 아니었거든” 하고 고개를 숙였다. 아케미 씨는 “여보, 저 집은 특별한 거야. 글쎄 화장터에 갈 때, 아들 중 하나가 영구차 앞으로 튀어나가 떡 버티고 서서 할아버지가 좋아했던 마을 안을 빙 돌아달라고 부탁해서 마을 안을 조용히 돌았대. 자식들 모두에게서 그런 마음이 자연스럽게 우러나오는 가족인 거야. 하지만 어떻게 하면 온 가족이 그런 마음을 가질 수 있을까. 그걸 신기하다고 생각하는 내가 몰인정한 걸까. 있지, 어떻게 하면 모두가 그렇게 될 수 있는 거지?"

아버지의 잠지까지 씻어주려고 했던 아들조차 고개를 숙이고 있다.

"그래도 아흔 넘은 본인은 이제 됐다고 생각했을지도 몰라요" 하고 내가 말하자, 마코토 씨가 "아니, 그 가족은 살아 있어 주기를 바랐던 거야. 난, 우리 아버지가 돌아가셨을 때, 우리 노인네 잘했네, 훌륭해, 훌륭해 하고, 왠지 마음이 놓였었는데" 했다. 그렇게 생각한 게 뭐가 어때서? 나는 노인 홈에 어머니를 버리기까지 했는데. 그래, 나는 버렸다고 생각하고 있다.

그러고 보니, 내 친구의 아흔일곱 먹은 어머니가 내게, "요코 씨, 나 이제 충분히 살았어. 저승사자가 언제 데리러 와도 좋아. 하지만 오늘이 아니라도 좋아" 했었지.

아무튼 집에서 장례식을 하는 것은 무척 힘든 일이다. 나는 그렇게 생각한다. 그 아름다운 집안에는 이미 멸망했어야 할

가족제도가 기적처럼 홀로 살아남아 있었던 게 아닐까. 사업 창업자의 장남이 사업을 이어받고, 그 장남을 형제가 일치단결하여 돕고, 그 부인들은 남편의 친척과 화목하게 잘 살았다는 기적이.

네팔은 사람이 죽으면 조장이나 풍장을 하기 때문에 무덤이 없다. 무덤이 없으니까 무덤이라는 말도 없다고 한다. 나라마다 '죽음'은 제각각 다를 것이다. 시대에 따라서도 변화해갈 것이다.

언제 죽을지 모르지만, 지금은 살고 있다. 사는 동안은 살아가는 것 말고는 달리 없다. 산다는 건 뭐냐. 그래, 내일 아라이 씨네로 커다란 머위 뿌리를 나눠받으러 가는 거다. 그래서 내년에 커다란 머위가 싹을 낼지 안 낼지 걱정하는 거다. 그리고 조금 큰 어린 꽃대가 나오면 기뻐하는 거다. 언제 죽어도 좋다. 하지만 오늘이 아니어도 괜찮다고 생각하며 살아간다. 여기 이 일본에서.

무지개를 바라보며 죽어라

소타는 재규어와 벤츠와 체로키를 소유하고 있다. 20년쯤 전, 소타는 그 전날 구입한 거라며 재규어를 보여주러 왔다. 그건 그때 이미 골동품이나 다름없는 상태였다. 태워준다기에 탔더니 땅을 울리는 저음이 뱃속으로 전해져왔고, 얼마 안 가서 보닛에서 흰 연기가 구름처럼 솟아오르고 차가 멈췄다.

그러고 나서 어떻게 손을 봤는지 모르겠지만 그 재규어는 지금도 아름다운 귀족 서양 할머니 같은 자태를 하고 달린다.

벤츠도 아주 낡았다.

타면 덜커덩 끼리릭 하며 여러 가지 소리를 낸다. "내 국산 차가 더 조용해" 했더니 "이게 벤츠의 소리야" 했다. "1리터에 몇 미터나 달려?" 하고 물었더니, "몰라도 돼" 하고 말을 끊었다.

점심을 먹으러 가자기에 체로키를 탔더니 배터리가 방전되어서 움직이지 않는다. "내 차는 이렇게 엔진이 걸리지 않는 일이 한 번도 없었는데." 나는 신이 나서 말했다. 우리는 결국 자전거를 타고 메밀국수집까지 갔다.

소타가 재규어와 벤츠와 체로키를 갖고 있다고 하면 "어머, 부자네" 하고 사람들 대부분이 질투 어린 목소리를 낸다. 나는 "소타는 절대 부자가 아니야" 하고 본인이 없는 곳에서 역성을 든다. 왜 내가 역성을 들어야 하는지 모르겠지만, 어쨌든 소타는 부자가 아니다. "그냥 허세 부리고 싶은 거야" 하면, "허세를 부릴 수 있는 것이 부자잖아"라고들 한다. 하지만 그건 좀 다른 이야기가 아닐까.

소타는 이삼년 전에 별난 집을 지었다. 철근으로 된 작은 집을 사서 안을 들어내어 텅 비게 만든 집으로, 집 안에 구두를 신은 채로 들어간다.

도쿄 세타가야에 있는 그 집에는 장작 난로가 있다. "이런 데서 왜 장작으로 불을 피워?" 하고 묻자, "멋있잖아" 하는데, 난로의 형태가 멋있다. 나는 "쳇" 하면서 언제 불을 피우냐고 물었더니, "중요한 손님이 왔을 때"라고 한다.

텅 비게 하느라 대들보하고 기둥도 치워버렸다. 언젠가 건축가를 데리고 갔더니 건축가는 천장을 올려다보고 "엇" 하고 외치며 서 있던 곳을 피해 다른 위치로 가서 섰다. "이거, 위험해. 무너지겠어" 했다. 소타는 "그렇군" 하고, "그래도 여기다 기둥을 세우면 폼이 안 나." "너, 폼 잡으려고 목숨을 걸어?" 하고 물었더니, "에이, 뭐 그럴 일이야 있겠어?" 하면서도 불안한 듯이 천장을 올려다봤다.

소타는 그 천장 위 옥상에 옥상정원을 만들었다. 그리고 도큐핸즈*에서 판자를 사와서 서툰 목수는 발밑도 못 따라갈 멋진 솜씨로 나무 정자를 직접 만들어 세웠다. 정자 안에 테이블도 놓았다.

"여기서 뭘 하는데?" "맥주 마셔." "정말로 마셔?" "실은 한 번도 마셔보지 못하고 통풍에 걸려버렸어." 맥주는 통풍에 나쁘다고 한다. "이런 걸 위에 세워두면 천장이 더 위험해지잖아." "그래도 요전번에 큰 비가 온 뒤에 여기서 쌍무지개를 봤어. 저쪽 하늘에서 이쪽 하늘까지 굉장했다고." "무지개를 보

---

* 일본의 대표적인 생활용품 전문점.

면서 죽는다면야." "그거 멋있겠는걸. 그런데 아무래도 여기 이쯤에 물이 고여서 아래 천장으로 스며들고 있는 것 같아."

같이 옥상에 올라온 건축가가 "그거 정말로 위험해요" 하고 갑자기 발끝으로 까치발을 하고 섰다.

그 마냥 넓기만 한 집 안을 골든레트리버 두 마리와, 쪼끄만 쥐처럼 생긴 개가 뛰어다니고 있다. 개가 부딪치는 테이블은 어디서 찾아다놓은 건지, 옛날 서양의 가난한 수도원에서 수도사가 밥 먹을 때 쓰던 것 같은 물건이다. 재떨이를 끌어당기니, "이런 것도 있네?" 싶은, 은으로 된 고풍스러운 재떨이다. 재떨이에서 소타의 집념? 혹은 정열? 그런 것이 확 느껴져 오는데, 하지만 그다지 큰 돈을 들여 구한 것 같지는 않았다.

이것만큼은 비쌌을 거라고 할까, 딱 하나 사치를 부린 거라고 할까, 당당한 검은 가죽 소파가 있다. 내가 그 위에 드러눕고 나서도 골든레트리버가 유유히 엎드릴 수 있는 크기였다. 옆 선반에는 아버지의 유골이 들어 있는 은으로 된 작은 항아리가 있고, 그 앞에는 오래된 크리스탈 글라스에 물을 담아놓았는데, 아마도 그것으로 불단을 대신하는 모양이었다.

소타의 집은 어둡다. 여기저기 스탠드가 놓여 있지만 다 흐릿하게 켜져 있을 뿐이다. 나는 나이를 먹었기 때문에 좀 더 환하게 해줬으면 하지만, 몇 번 가는 사이에 그런대로 익숙해 졌다. 매일 같이 사는 아내와 딸도 익숙해졌겠지.

지난번에 유리코 씨가, 1920년대 중반에 지은 서양관을 부술 예정인데 그 안에 있던 물건 중 안 쓰는 것들을 가져갈 생각이 있냐고 해서 가 보았다. 안에 들어가니 사람이 몇 년이나 살지 않아서 먼지와 거미집 천지였는데, 나는 거기 물건 중에서 훌륭한 좌탁과 오동나무 장롱을 받아오기로 했다. 대리석 맨틀피스도 있었지만 안에 불단이 들어 있어서 관뒀다.

천장을 올려다보니 먼지투성이 조명등이 매달려 있었다. 유리와 금속으로 만들어졌는데 유리에는 아르누보풍의 무늬가 투명하게 조각되어 있었다. 요즘은 볼 수 없는 품격이 느껴지는 조명등이었다.

"이거 어떻게 할 거야?" 하고 묻자, 유리코 씨는 "이런 거 글쎄, 철거업자가 집이랑 같이 부수지 않을까?" 했다. 나는 소타의 집을 떠올리고 이게 어울리는 건 소타네 집밖에 없다고 생각했다. "이거 원하는 사람이 있으면 줄 거야?" 했더니 "어- 그런 사람이 있어?" 하며 웃었다.

내가 소타네 집으로 가서 이런 것이 있는데 보러 가겠느냐고 묻자, "갈게" 했다. "바로 가자"고 한다. "떼어내는 게 큰일일 거 같아" 하자, 커다란 공구함을 체로키에 실었다. "그런데 마음에 안 들지도 몰라." "한 번 봐야지, 봐야 알지" 하고 속도를 올리며 차를 몰아댔다. 바지런한 사람이구나 하고 생각했다.

가서 천장을 올려다본 소타는 "나 가져갈래" 하고 견고한 쇠장식을 떼어내기 시작했다. 천장이 높아서 "위험해. 전문가를 부르지 그래" 하자, "돈이 들잖아" 하면서 손을 새카맣게 만들고 셔츠에도 검은 칠을 해가면서 결국 떼어내고야 말았다. 가까이서 보니 금색 금속은 거무튀튀해졌고 유리도 무척 지저분하고 유리 안에 먼지와 함께 바싹 마른 모기랑 거미가 쌓여 있었다. 유리코 씨가 "차 마셔요" 했지만, 소타는 빨리 가자고 재촉했다.

소타는 조명등을 체로키에 싣고 마구 속도를 올렸다. "너, 도둑이 도망치는 것 같이 달리지 좀 마" 했더니, "요코 씨 이거 골동품가게에서 사면 20만 엔 정도 해"라며, 역시 도둑 같은 목소리를 냈다.

내가 집 앞에서 소타와 헤어진 것은 3시쯤이었다. 6시에 전화가 울려서 받아보니 소타였다. "보러 와." "어? 벌써 달았어?" "어쨌든 보러 와" 해서 소타네서 가까운 친구 가족 셋과 함께 보러 갔다.

우리는 가서 보고, "오오-" 하고 합창을 했다. 식탁 위로 그야말로 꿈같은 등이 아련히 빛나고 있었다. 유리도 금속도 모두 반짝반짝 하고, 투명하게 조각한 유리에서는 달콤한 빛이 흘러 나왔다. 조명등에도 상품과 하품이 있다는 것을 보여주는 등이었다. 나는 유리코 씨를 대신해서 기뻐했다. 조명등은 여기서 새로이 환생하여 인생을 다시 출발하는 아름다운 젊은 여자가 된 것 같았다. 조명등이 이 집에 와서 전혀 다른 신분이 된 것을 보면 유리코 씨가 가장 기뻐해줄 것이다.

소타가 도둑질을 하다 들킨 사람처럼 안절부절못하며 빨리 자리를 뜨려고 했던 것은 먼지투성이가 된 지친 여자가 실은 빛나는 미인이었다는 사실을 간파했기 때문이리라.

그 등 아래서 일곱 명이 저녁식사를 했다. 모두 때때로 위를 올려다보며, "이게 어울리는 집은, 일본에서 여기뿐일 거야"라든가, "이 집의 품격이 이거 하나로 바뀌었어"라며. 아름다운 것이 모든 인간을 행복하게 해주는 것 같았다. 마치 모두의 뱃속에 그 등이 켜지고 그것이 빛을 발하여 모두의 얼굴이 안에서부터 빛나고 있는 것 같았다. 자주 와서 이 빛 아래서 밥을 먹고 싶다고 우리 모두는 생각했다. 그러나 소타는

힐끗힐끗 다른 테이블 위의 천장을 자꾸 바라보는 것이었다.

다음 날 오전 중에 전화벨이 울렸다. "나, 소타야. 그거 깨졌어." "뭐, 거짓말." "거짓말 아니야." 어제의 멤버가 모두 모여 깨진 등을 말없이 바라봤다.

"어쩌다?" "이쪽 테이블 위로 옮기려다가 손이 미끄러졌어." "여기도 좋았는데 왜?" "아니, 이쪽이 절대로 딱 맞는다고 생각했어. 깨질 때, 세계가 슬로모션이 되어서, 유리가 한 조각 한 조각 떨어져 나가는 것이 또렷이 다 보였어."

모두, 다시 침묵했다. "……폼 잡는 거 쉬운 게 아니네."

아아, 그 등을 두 번 다시 못 보는구나. 그렇게 해서 그 등은 유리코 씨에게 보여주지도 못한 채 덧없이 사라지고 말았다.

"그래서 말이지, 저기, 천장에서 늘어뜨린 쇠장식만이라도 살리고 싶어서, 오늘 차를 타고 나가서 이 주변을 온통 다 뒤져서 유리등을 찾았는데, 옛날 거라 쇠장식이 커서 다 안 맞는 거야. 어렵게 반경이 같은 걸 하나 찾았는데, 그게 5만 엔이나 해. 2만 엔짜리도 있었지만 마음에 들질 않았어." "5만 엔? 싸네. 언제 갔다 온 거야?" "깨지고 바로." "바지런하네." "폼 잡는 건 마음이 들 때 바로 하지 않으면 개운하질 않아."

다시 같은 테이블에서 같은 멤버로 저녁식사를 했다. 술이 들어가서 자포자기가 되었는지, 소타는, "내 일생은 폼 잡는 일생이야. 폼만으로 쉰네 살이 됐어. 정신 차리고 보니, 연금이 없어. 이 집 융자, 일흔네 살까지 내야 해. 엉, 어떡하지?"

소타네 집에 갔더니 벤츠가 없어졌다. "벤츠 어떻게 했어?" "주차장비 2만 엔 못 내서 산에 세워놨어." "팔아버리지 그래." "싫어. 실은 요전번에 재규어를 팔까 했었어. 그랬는데 얼마 전에 이탈리아 부자랑 일을 했는데 일이 끝난 뒤에 차 얘기가 나왔어. 그 사람도 내 거랑 같은 재규어를 갖고 있더라고. 그것 말고 로켓 발사장치도 있고 xx도 있다는 거야. 얘기가 점점 흥이 나서 그야말로 몇 십 년 된 친구가 된 느낌이더라고. 그래서 파는 거 그만두기로 했어. 돈 없어서 판다고 말하고 싶지 않았어. 폼이 나 보이려면 무리하는 수밖에 없어. 무리하는 게 인생이야. 재규어 타고 가다가 어디쯤에 세워 두잖아, 그럼 아이들이 모여들어서 '멋지다'며 슬슬 만져. 그거 보면 기분 좋아. 길을 달리면 다른 차에서 보내는 시선이 느껴져. 그건 참을 수 없는 쾌감이라고."

솔직한 게 마치 개구쟁이다. 남자란 모두 개구쟁이다. 남자는 어느 하나에 꽂히면 모두 개구쟁이가 된다. 월드컵을 보면 남자들이 필드에서 쪼끄만 공 하나를 문자 그대로 목숨을 걸고 쫓아서 뛰어다닌다. 그 개구쟁이들이 만들어내는 아름다운 모습에 감동한다. 옛날에 아이들이 공터에서 동네야구를 할 때도 남자아이들은 저런 모습을 하고 있었다.

개구쟁이의 정열이 이 세상을 만들어왔다. 에디슨도 피카소도 개구쟁이의 얼굴을 하고 자신에게 몰두했을 게다. 소시민도 조심스럽지만 개구쟁이의 정열로 살고 있다.

소타가 거의 튀어나올 것 같은 눈빛을 하고 등의 쇠장식을 떼어냈던 것도 개구쟁이만이 보여줄 수 있는 모습이 아니었던가. 그러나 여자가 개구쟁이인 경우도 있었을까. 야와라짱*이 열심히 업어치기를 해서 금메달을 따도, 개구쟁이구나 하는 생각이 들지 않는 것은 왜일까. 여자는 개구쟁이와는 종이 다른 생물인가.

---

* 일본의 전 여자 유도 선수인 다니 료코의 애칭.

. . . .

목소리는 배에서부터 내라

열여덟 살에 시골에서 올라와 도쿄의 재수학원에 들어갔을 때, 나는 어떻게 친구를 만들어야 할지 몰랐다. 도쿄 녀석들은 뭐든 나보다 나은 것 같았다. 화장한 얼굴도 예뻤고 하이힐을 신은 다리도 멋졌다. 남자는 방약무인함을 자랑이라도 하듯이 지저분한 옷차림을 하고 다니는데 그게 왠지 도회적이고 세련되어 보였다.

그런 속에서 촌놈은 스스로 나서지 않아도 촌놈인 것이 그대로 드러났기 때문에 나는 촌놈인 채 혼자서 주눅 들어 있어야 했다. 그러던 중 '오히루'를 '오시루'라고 발음하는 에돗코*스러운 작은 몸집의 남자아이가 "넌 고향이 어디니?"라고 처음으로 내게 말을 걸어오는 게 아닌가. 나는 내게 건네진 그 한마디가 너무 반가워 그 녀석을 덥석 물었다. 친구하자고.

"시미즈." 나는 어떻게든 그 녀석을 내 친구로 만들기 위해 "시미즈노 지로초라고 알아? 그거 우리 할아버지야" 하고 황당한 거짓말을 했다. 나중에 친구가 되면 "그거 거짓말이었어"라고 말하면 될 거라고 생각했다.

다음 날 학교에 갔더니 나에게는 어느새 '지로초'라는 별명이 붙어 있었다. '너무 나갔구나' 했지만 이미 늦었다. 나는 곧 여러 친구들과 큰 소리로 떠들게 됐다. 안짱다리였기 때문에, 걸음을 걸을 때 성큼 걸음으로 걷는 것으로 보였고 그게 친구들에게 '지로초'스럽게 보였을지도 모른다.

그러나 열여덟의 여자아이가 지로초란 별명으로 불리는 것은 상처였다. 하지만 별명이란 건 고약해서 마음속으로는 싫어도 불리면 대답을 하게 된다. 그래서 계속 상처를 받았다. 나보다 마음 약해 보이는 촌놈 남자아이는 주뼛주뼛 나를 "시미즈 씨"라고 부르기는 했다.

대학에 가서도 재수학원의 동기들이 같은 대학에 이동해

---

* 도쿄에서 나서 자란 오랜 토박이를 이르는 말. '히'발음을 '시'라고 한다.

온 거나 마찬가지라 나는 계속 지로초였다. 동기들이 나를 그렇게 부르니 대학의 선배 후배들도 모두 나를 지로초라고 부르게 되었다.

내 청춘시대에 극단적으로 연애사건이 적었던 것은 내가 지로초였기 때문이라고 지금도 굳게 믿고 있다. 사실 나는 지로초가 어떤 인간인지 거의 몰랐다. 집 근처 바이인지梅蔭寺라는 절에 지로초의 무덤이 있다는 것은 알고 있었지만 가본 적도 없었다. 그 후로 40년 이상 지났지만 아직도 안 가봤다.

사십 몇 년이 지난 지금, 나는 지로초라고 불리는 일은 거의 없다. 대학 동창회에 가면 변함없이 지로초라고 불리겠지만, 우리 과는 동창회를 하지 않는다. 그래서 나는 내가 지로초였던 사실조차 잊고 살았다.

그러던 어느 날 메지로 역 구내의 한 노점에서 CD 열너덧 장을 끈으로 함께 묶어 놓은 〈시미즈노 지로초 전〉 세트를 우연히 발견했다. 그때의 놀람이라니. 그것은 로쿄쿠* CD로,

---

* 浪曲. 일본 고유의 3현악기인 샤미센을 반주로 하여 부르는 의리와 인정을 주제로 한 창.

2대 히로사와 도라조가 창을 한 것을 담은 것이었다. 그리고 그제야 생각이 났다. 예전에 로쿄쿠라는 것이 있었고 히로자와 도라조라는 인물이 있었지, 하고.

그러나 나는 제대로 료쿄쿠를 들어본 적이 한 번도 없었다. 료쿄쿠에 대한 추억이 단 하나 있긴 있었다. 어린 시절 네댓 채밖에 없는 시골 동네에 살았던 적이 있었는데, 그중에서 라디오가 있는 집은 우리 집뿐이었다.

무슨 요일인지는 생각이 안 나는데 어쨌든 일주일에 한 번 8시가 되면 뒷집 아저씨가 우리 집으로 와서 툇마루에 자리를 잡았다. 아저씨는 라디오에서 나오는 료쿄쿠를 들으러 온 거였다. 아저씨는 어둠침침한 툇마루에 앉아 가만히 고개를 숙이고 꼼짝도 하지 않은 채 몇 십 분 동안이나 라디오에 귀를 기울이고 있다가 료쿄쿠가 끝나면 조용히 돌아갔다.

나는 그때 료쿄쿠 소리가 짐승이 앓는 소리 같아서 왠지 기분이 나빴다. 무슨 말을 하는지 한마디도 알아들을 수가 없었지만, 뭔가 천박하고 우스꽝스러운 느낌을 주었던 것 같다. 그래서 그걸 듣는 뒷집 아저씨도 교양 없는 천박한 사람 같아 보였다. 그때 내가 료쿄쿠를 농민들이나 좋아하는 질 낮은 오락이라고 생각한 것은, 농민을 업수이 여겼던 어머니의 차별

의식이 아이인 나한테까지 배어들었기 때문일 것이다.

메지로 역 구내에서 그 CD를 본 순간 뒷집 아저씨가 우리 집 툇마루에 가만히 앉아서 고개를 숙이고 꼼짝도 하지 않고 있던 그 정경이 한 장의 사진처럼 기억 속에 되살아났다. 그 옛날 논 가운데 있던 작은 우리 집과 이웃집 아저씨의 꼼짝 않던 모습은, 50년도 더 되는 세월 동안 반은 땅거미 속에 녹아들고, 반은 오렌지색 전구 불빛에 물들어 있었다. 아저씨는 작은 여자아이와 둘이 살고 있었는데, 여자아이가 딸인지 손녀인지 나는 몰랐다. 가끔 젊은 여자가 와 있을 때도 있었다.

이렇게 CD를 팔고 있는 것은 지금도 료쿄쿠를 듣는 사람이 있어서일까. 료쿄쿠는 이미 소멸한 장르가 아니었나. 나는 지금 이것을 사지 않으면 료쿄쿠라는 것을 평생 모르고 죽을지도 모른다는 조바심이 났다. 료쿄쿠는 한 번도 들은 적이 없지만 히라사와 도라조라는 이름은 알고 있었다. 아니, 히라사와 도라조밖에 몰랐다. 히라사와 도라조가 언제 죽었는지도 몰랐다. 내가 아는 건 시미즈노 지로초와 도라조는 한 세트라는 애매한 지식뿐이었다.

그러다가 젊은 시절 나의 별명이 지로초였다는 것도 생각났다. 그때는 지로초라는 별명이 나를 상처 입혔지만, 예순네 살이 된 지금은 더 이상 그것으로 인해 상처입지 않는다. 오히려 그립기도 했다. 그런데 그 지로초가 신기하게도 요즘의 인기가수 우타다 히카루나 하마자키 아유미의 CD 사이에서 끈으로 묶인 지로초전이 되어 눈앞에 나타난 것이다.

판매원인 갈색 머리 오빠한테 15,000엔을 10,000엔에 해주면 안 되냐고 묻자, 당장 그러마고 했다. 조금 맥이 풀렸다.

차의 CD플레이어에 시미즈노 지로초전 제1권 '아키바의 불축제'를 넣었다. 남자의 목소리가 나왔다. 아, 이렇게 좋은 목소리의 남자가 있었다니. 내가 짐승이 앓는 소리라고 생각했던 것은,

'후지 산과 나란히 그 이름도 드높은 시미즈 지로초, 도카이도東海道의 제일검이여 목숨 하나를 긴 칼에 걸고 일편단심 인의仁義에 산다……'

고 노래하던 그 목소리였다. 구석구석까지 손질을 하여 닦고 문질러 광택을 낸, 그런 목소리였다. 더 이상 내려갈 수 없는 저음부에서도 내 귀에 분명한 일본어가 들어온다. 그러고 보니 미소라 히바리의 목소리도 그랬다. 처음엔 노래로 시작하고, 그다음은 혼자서 몇 명 몫의 연극을 한다.

18권이나 있는 지로초전에는 권마다 계속 지로초가 등장하는데, 지로초는 과묵하다. 때대로 "그래"라든가 "응, 그건 좋지 않아"라고 하는데, "그래"라는 목소리만으로도 지로초라는 것을 알 수 있다. 무수한 부하들과 건달들이 나오는데, 목소리만으로 누구인지 알 수 있다. 짧게 "그래" 하는 지로초에게서는 실로 남자의 관록이 느껴졌다.

'야마오카 텟슈* 선생님이 쓰신 책을 보면 지로초는 적과 대적할 때 기습을 해서 벤 적이 없다, 상대가 준비가 다 될 때까지 기다리던 대범함이여……'

라는 대사가 나온다. 대범함이라, 이 얼마나 좋은 말인가. 요즈음 나는 대범한 인간을 본 적이 없다. 지로초는 무엇보다 비겁자를 경멸했다.

'우선 지로초의 차림새는 수수한 유우키**에 하카타오비***를 매었으며…… 장인이 만든 긴 칼을 허리에 차고 푸른 망토……'

---

* 일본의 정치가이자 검도의 일파인 무토류無刀流의 창시자.
** 이바라키 현 유우키 지방에서 나는 명주를 본떠서 짠 무명.
*** 하카타 특산 견직물로 만든 일본옷에 매는 넓은 띠.

라고 도라조가 노래하면 대범하고 관록 있는 모습의 멋진 지로초가 우뚝 머릿속에 들어서는데, 이것은 글자로 읽었을 때는 그렇게 우뚝 하고 나타나지 않는다. 오직 도라조의 목소리를 통해서 들었을 때만 우뚝 나타난다.

한번 듣기 시작하니 멈출 수가 없다. 이렇게 재미있었기에 이웃집 아저씨가 그렇게 머리를 숙이고 듣고 있었구나. 한 구절 한 구절이 감탄이다. 야쿠자의 일본어는 아름다웠구나. 그런데 진짜 지로초가 어떤 남자였는지는 모르겠다. 일본사 인명사전을 찾아보니 사진 속의 지로초는 7대3으로 나눈 머리에 긴 얼굴을 하고 있다.

'평생 동안 적과 아군 280개의 위패를 만들고 메이지 26년 6월 12일 70여세가 될 때까지 산 것은 만사 방심하지 않았던……'

때문이라지만, 배짱이 좋고 기량이 뛰어나고, 인의에 두텁고 정이 있다, 라고 글씨로 써봤자 아무 감흥이 없는 뻔한 이야기일 뿐인데, 도라조의 목소리로 그 말을 들으면, 으-음, 그-래, 그-래, 훌륭한 남자구나 하고 생각하게 된다.

인간은 어떤 때라도 몸보다 먼저 눈이 움직인다는 말을 그 목소리로 전해 들으니, 인간의 관찰력이 날카롭다는 게 새삼

절절히 느껴진다.

지로초는 야쿠자이니, 베고 때리고 하는 것이 스토린데, 한 번 훌륭히 원수를 갚고 나면,

'끝날 시간이 됐습니다……'

라고 끝을 맺어주니 듣는 이의 마음도 정리된다.

로쿄쿠답다란 표현은 근대 일본에서는 뭔가를 경멸한다는 뜻으로 사용되었다. 하지만,

'의리도 인정도 쇠퇴하면 이 세상은 어둠이요……'

이 말이 뭐가 나쁜가. 의리도 인정도 돈이 대신하게 된 이 세상의 인간들이, 로쿄쿠가 유행하던 시절의 인간들보다 더 훌륭해졌다고 할 수 있는가.

수시로 말을 바꾸는 오늘날의 정치인들을 보면, 지로초의 대범함은 더욱 빛을 발한다. "시끄럿, 사나이가 두 말 할까." 야쿠자조차 이처럼 타인과 자신에게 두 말을 하는 것을 용납하지 않았는데 오늘날의 정치인들이 그들보다 낫다 할 수 있을까.

존재하는 것만으로도 주위를 압도하는 관록은 어디로 간 건가. 도카이도를 이리저리 뛰노는 모리노 이시마쓰*조차 자신의 이해타산 때문에 명분을 배신하지 않는다. 비겁자라는

말을 들으면 발끈해서 목숨조차 내던진다.

배에서 목소리를 내면 반지르르한 겉치레의 목소리를 낼 수 없다. 거짓말인지 진짜인지도 모르는 지로초 이야기로 나를 설득하고, 50년 전의 툇마루 아저씨를 감동하게 한 것은, 도라조의 배에서 울리는 목소리가 그 이야기를 했기 때문일 것이다. 목소리는 배에서 내야 하는 법이다.

그것은 오늘날 요시모토**의 탤런트들이 텔레비전에 나와서 바보 같은 이야기를 떠들어대는 그 목소리와 너무나 대비된다. 그들의 얄팍한 목소리에는 사람의 길을 설파하는 지로초 또한 없다. 시대와 함께 영락해간 것이 돌아오는 법은 결코 없다. 그러나 그 대신 손에 쥔 풍요로운 물질생활이 의리와 인정을 설파한 지로초의 시대보다 더 값지다고 할 수는 없다.

예순네 살의 '할멈'은 이제 남자도 여자도 아닌, '할멈'이라는 생명체다. 하지만 그 할멈은 젊은 여자였던 시절 지로초라는 별명으로 살았다. 그렇다면 이제 정말로 그렇게 돼주자. 지로초로. 적어도 의리와 인정의 삶을 살 것이며 간 정도는

---

* 로쿄쿠 레퍼토리 중 하나.
** 일본의 대형 연예기획사.

크게 하고 살자꾸나. 기량과 관록은 부족하지만 협기 정도는 가지고 살자꾸나.

하지만 그렇게 마음먹는다고 해도 나는 그저 그런 마음을 가진 평범한 덜렁이가 되는 게 고작일 것이다. 그래도 나는 좋다.

끝날 시간이 됐습니다.

예사롭게 죽다

의사는 엑스레이를 찍고 혈액검사를 했다. 고양이 주제에 엑스레이? 혈액검사? 의사는 커다란 엑스레이 사진 두 장을 뷰어에 끼우고 진지한, 그리고 조금은 침통한 표정을 지었다.

"암이네요." 네? 네? 네?

"여기, 췌장, 이렇게 크게 변형됐어요." 테니스 공 정도의 둥근 부분을 가리키며 의사는 말했다. "그리고 이쪽 폐의 여기로 전이됐는데, 암이 처음에 어디서 시작했는지는 알 수 없어요. 그걸 알아보려면 장과 위 검사를 해야 하는데, 어떻게 하시겠습니까?" "암이 시작된 곳을 찾기 위해서 검사한다는 건가요?" "그렇습니다." "나을까요?" "이만큼 퍼졌으니까, 수술해서 암 부위를 떼어낸다는 게…… 글쎄요. 내장이 전부 당했거든요.” “그럼 수술은 안 할 게요.”

암이라니! 고양이 주제에. “얼마나 살까요?” “으-음, 뭐라고 말씀드릴 수가 없네요. 일주일일지 조금 더 살지.” 뭐? 일주일? 뭐? “체중이 3킬로 줄었고요, 탈수 상탠데요, 물을 통 안 마셨을 거예요. 링거 놓고 항암제 넣어보시겠습니까? 아무것도 안 하고 안락사 시키는 쪽을 선택할 수도 있습니다만.” 의사는 차마 안락사란 말을 입에 올리기가 힘들다는 듯이 내 눈을 보지 않고 작은 목소리로 말했다. 하룻밤 입원시켜 링거를 놔주기로 했다.

다음 날, 고양이는 사료를 날름날름 많이 먹었다고 한다. 스테로이드 주사도 놨다고 의사가 말했다. 스테로이드라니, 운동선수가 도핑에 사용하는 거? 언젠가 92세의 할아버지가 골절이 되어 입원해서 이제 못 일어나나 싶었을 때 스테로이드를 주사했더니, 돌연 자리에서 일어나서 병원 복도를 총총걸음으로 두 바퀴 돌았다는 얘기를 들었다. 약기운이 다하자 쿵 누워버렸다고.

의사가 작은 하얀 알약을 줬다. “항암제입니다.” 입을 억지로 열고 목구멍 속으로 집어넣으라고 가르쳐줬다.

“만약 약이 효과가 있으면 진행은 늦출 수 있는데요” 하고 의사가 말한다. 진행을 늦춘다는 건 수명이 조금 늘어난다는 걸까.

후네는 철제 우리 안에 웅크리고 있었다. 형무소 같았다. 내가 후네라면 형무소 안에서 죽고 싶지 않다.

“혹시 굉장히 고통스러워하면 집에 오셔서 안락사 시켜주시겠어요?”

“그때는 병원으로 데려오세요.” 나는 입을 다물었다.

나는 아무 말도 하지 않은 채 후네만 바라보았다.

“되도록 병원에서.” 의사는 침묵을 못 견디겠는 모양이었다. 침묵을 못 견디는 것을 보니 착한 사람이구나. 나는 그 약점을 꽉 붙들었다.

“만약의 경우 전화해도 되지요? 와주실 거지요?”

후네를 데리고 돌아왔다.

후네를 상자 안에 놓았다. 겨울 내내 족온기를 넣었 두었던 상자 안에 담요를 깔았다.

후네는 가만히 눈을 감은 채 내려놓은 그대로의 자세로 있다. 상자 곁에 물을 놓고 슈퍼에 갔다. 스테로이드는 역시 한 순간의 도핑이었다.

가장 비싼 고양이용 통조림을 10개 샀다. 광고를 보면, 샴페인 글라스 안에 이 통조림을 담고 쨍 하고 글라스를 부딪친다. 나는 그 광고를 볼 때마다 헹, 고양이한테 사치를 부리면 안 돼, 저런 말도 안 되는, 하고 화를 냈었다.

생선의 흰살, 닭 가슴살, 소고기, 간 등등 여러 종류가 있다. 기적이 일어날지도 몰라. 평소에 통통한 토끼똥 같은 것만 먹였으니까 흰살 생선이 너무나도 맛있어서 덥석덥석 먹으면 암이 속을지도 몰라. 간을 날름날름 먹으면 어쩌면 후네의 간에 있는 암도 나가떨어질지 몰라. 비싸도 싼 거야. 그러나 기적은 일어나지 않을 것이다.

통조림을 한 숟가락 덜어내어 작은 접시에 담아서 후네의 코끝으로 가져갔다.

냄새를 맡고 나서 후네는 한 숟가락 분량을 다 먹었다. 나는 용기가 나서 한 숟가락 더 떠놨다. 후네는 입을 다문 채 내 눈을 봤다. "그래, 어서 먹어" 하고 나는 말했다. 나는 내 목소리에 정신을 차렸다. 고양이를 예뻐할 때 내는 목소리가 전혀 아니다. 나는 평생 예뻐할 때 내는 목소리를 낸 적이 없었던 모양이다. 평소의 목소리밖에 안 나왔다. 다른 사람들은 이럴 때 다들 다른 목소리를 내던데. 고양이는 나도 그런 목소리로 말을 걸어주길 바랄까.

"자아, 한 입 더 먹어봐." 평소의 목소리로 나는 또 말했다. 후네는 내 눈을 보면서 혀를 내밀어 흰살을 딱 한 번 핥았다. 내 목소리에 열심히 대답하려고 했다. 네가 이렇게 착한 애였는지 몰랐다.

정신을 차리니 후네는 방구석에 가 있었다.

정말로 일주일밖에 안 남았나. 혹시라도 지금 이대로 죽어버리면 어떻게 하지. 고통스러운가. 아픈가. 암이야, 암이야, 하면서 소란 떨지 않고 그냥 가만히 조용히 눈을 감고 앉아 있다.

짐승이란 얼마나 위대한가.

때때로 조용히 눈을 뜰 때면 먼 곳으로 고독한 시선을 보내고 다시 조용히 눈을 감는다.

체념이 담긴 조용한 시선이다.

그에 비하면 인간은 얼마나 꼴사나운 존재인가.

가만히 움직이지 않고 앉아 있는 후네를 바라보며 나는 이 9킬로그램의 사향고양이를 존경하지 않을 수 없게 되었다.

때때로 후네의 배 부분을 봤다. 희미하게 파도치고 있다.

아버지가 죽기 전, 얄팍해진 아버지의 가슴께를 덮은 이불을 몰래 보곤 했었다. 그럴 때 아버지가 예고 없이 눈을 뜨고 나를 보면 나는 허둥댔다.

후네는 아직 살아 있다.

때때로 일어나서 모래상자에 오줌을 누러 갔다. 가끔은 물을 먹었다. 이제 곧 오줌도 못 가리게 되는 걸까. 못 가려도 좋아, 찔끔찔끔 흘려도 돼. 하지만 되도록 흘리지는 말아줄래?

사료 한 캔이 좀처럼 비지 않았다.

후네는 가만히 조용히 있는데 나는 소란을 피웠다.

사토 군에게도 "후네가 암에 걸렸어, 오늘 당장 죽을지도 몰라." 마리코와 사토 군은 조용히 현관으로 들어와서 후네에게 "아이고, 이게 무슨 일이니"라고 말해줬다. 하지만 후네는 정말 이상하군 당신들, 하고 생각할지도 모른다.

아라이 씨 집에 가서도 "우리 집 고양이, 암에 걸려서 죽으려고 해" 하고 알렸다.

아라이 씨는 "호오, 그래요? 우리 집도 어제 죽었는데" 하고 평소와 같은 얼굴로 말했다. 아라이 씨 집 고양이는 헛간의 어두운 2층에서 살았었다. 때때로 아라이 씨가 사다리 위에서 엉덩이만 내놓고 있곤 했다. 5년간 매일 사료를 줬었다.

아라이 씨가 입원했을 때, 부인이 첫 면회를 갔더니, 아라이 씨는 한마디, "고양이"라고 말했을 뿐이라고 한다. "나한테 고양이에게 사료 주라는 말이었어. 고양이만 걱정됐었나봐" 하고 부인은 불만스럽게 말했었지.

그 고양이가 처음으로 땅 위로 내려온 것은 구덩이 안에 묻히기 위해서였다. 나는 아라이 씨에게 평소와 다른 목소리를 낸 것이 창피했다.

일주일 지났다. 고양이의 의사가 "어떤가요?" 하고 전화를 걸어왔다. 감동이었다. 퇴원한 환자에게 전화해주는 인간의 의사는 없지 아마. 고양이 의사의 반이나 10분의 1만큼이라도 환자를 걱정해 주는 인간의 의사가 있을까. 나는 항암제를 한 알도 주지 않고 버렸다.

일주일, 나는 두근두근 조마조마 들떠 있었는데, 후네는 방 구석에서 그저 그냥 조용하게 같은 자세로 어렴풋이 배를 파도치게 할 뿐이었다. 볼 때마다 위대하구나, 인간은 못쓰겠구나, 하고 감탄했다.

열흘 지났다. 이 주가 지났다.

"어서, 먹으렴" 하자, 내 눈을 보고 숟가락의 반 정도를 먹었다. '정말은 먹고 싶지 않지만 당신이 먹으라고 하니까 먹었습니다. 이제 됐지요?' 하고 그 눈이 말하고 있었다. 그렇게 착하게 굴지 않아도 돼 하는 생각을 하면서도 "반 숟가락 더, 반 숟가락" 하고 나는 말한다.

이 주가 지나자, 후네는 죽지 않는 거 아냐? 이렇게 먹지도 마시지도 않으면서 영원히 살지도 몰라. 그래도 모래상자에 오줌과 똥을 누러 간다. 쥐똥 정도의 똥을 사흘에 한 번 정도 눈다. 한 순간 한 순간 지금 죽나, 지금 죽나 하다 보니 나는 차차 지쳐갔다. 뭘 하는 것도 아닌데 계속 긴장했다. 그러는 사이에 후네는 목욕탕으로 들어가 타일 위에 웅크리고 있기 시작했다. 열이 있어서 찬 곳에 가고 싶은 건가, 어두운 곳에서 방해받고 싶지 않은 걸까. 소리도 없이 차갑고 어두운 곳을 스스로 찾는다.

어느 날, 화장실 변기 앞에 물이 조금 고여 있었다. 화장지로 닦으니 노랗다. 냄새를 맡아보니 오줌 냄새가 난다. 후네는 이제 모래상자까지 갈 수 없게 된 거다. 그래서 필사적으로 있는 힘을 다해 목욕탕 옆 화장실로 간 게 분명하다. 후네는 여기가 인간의 화장실이란 것을 알고 있었다. 이렇게 기특한 고양이였다니. 나는 그저 뚱뚱이 고양이라고만 생각했었다.

얼굴이 한 사이즈 작아졌다. 쓰다듬으니 드글드글 두개골이 만져졌다.

스무날이 지났다. 친구가 와서, "너, 얘 더 버틸 거야. 이 큰 배는 낙타의 혹이나 같아서 여기서 영양이 보급되는 거야. 얘가 날씬하게 스타일 좋은 고양이였다면 벌써 죽었어." 그럴까? 세 번 화장실에 오줌을 눴다. 후네가 오줌 눈 바닥을 닦은 후 나는 한동안 가만히 그 자리를 바라보았다. 되도록 오줌똥 가리지 못하게 되지 말아줘, 하고 마음속으로 말한 걸 후네가 안 거야.

딱 한 달이 됐다.

후네는 방구석에 있었다. 켁 하고 이상한 소리가 났다. 돌아보니 발을 조금 움직이고 있다. 아아, 깜작이야, 죽은 줄 알았네. 2초도 지나지 않아 또 켁 하는 소리가 나고 후네는 죽었다. 나는 전혀 놀라지 않았다.

나는 후네를 볼 때마다 암에 걸렸다는 것을 처음 알게 된 인간이 놀라는 모습을 떠올렸다. 나는 거의 하루 온종일 후네를 보고 있었기 때문에 거의 하루 온종일 인간이 죽는 방식을 생각했다. 생각할 때마다 숙연해졌다. 나는 이 작은 짐승보다 못하다. 생명체의 숙명인 죽음을 묵묵히 받아들이는 이 작은 생명체의 시선을 보고 나는 기가 죽었다. 그 의연함 앞에서 부끄러웠다. 내가 후네였다면 울부짖고 신음하며 고통을 저주했을 것이다.

나는 후네처럼 죽고 싶다고 생각했다. 인간은 달까지는 갈 수 있어도, 후네처럼 죽지는 못한다. 달까지 가기 때문에 후네처럼 못 죽는다. 후네는 소란 떨지 않고 죽었다.

아주 먼 옛날, 사람도 어쩌면 후네처럼, 후네 같은 눈을 하고, 소란 떨지 않고 죽었을지도 모른다. "우리 집 고양이 죽었어요" 하고 아라이 씨에게 보고했더니, "결국" 하고 아라이 씨는 예사로운 목소리로 말했다.

그런 거야?

"자기네 집 스카퍼*지?" "응, 물론." 나는 콧구멍이 부풀었다.

"요즘 온통 월드컵 얘기로 난리잖아." 뭐, 그래?

"화면 잘 나오지?" "어? 어." 콧구멍 엉거주춤.

"좋았어, 보러 갈게."

내가 사는 곳은 텔레비전이 안 나온다. 억지로 케이블을 설치했지만 케이블로 오는 지상파방송은 비를 맞은 영화 같아서 볼 때마다 설치비를 돌려받고 싶다. 그래서 마당에 중국집의 하얀 접시 같이 생긴 위성방송 안테나를 두 개나 늘어놨다.

---

* JSAT가 운영하는 일본 최대의 다채널 디지털위성방송.

하나가 스카이퍼펙트T·V(줄여서 스카퍼)라는 놈인데, 이걸로 나는 영화만 봤다. 월드컵이라, 난감하네, 난 스포츠는 안 보는데.

친구가 맥주며 먹을 것이며 잔뜩 들고 왔다.

이렇게 된 이상 어차피 볼 건데 축구의 룰도 뭣도 모르지만 어쨌든 즐거운 마음으로 보자. 안 그러면 손해다. 들은 바에 의하면 축구 선수 중에는 미남이 많다고 하는데, 아름다운 남자들의 퍼레이드를 한번 구경해 볼까나.

옛날부터, 딱 한 번만이라도 어떤 기분이 드는지 알고 싶은 게 있었다. 남자는 젊고 아름다운 여자를 봤을 때 어떤 기분이 드는지 말이다.

나의 숙모는 숙부에 대해 평생 망측한 사람이라고 했었다. 함께 전철을 타면 숙모가 있어도 아랑곳하지 않고 샤샤샤샥 사람들 사이를 뚫고 들어가 가장 젊고 예쁜 여자 앞에 가서 선다는 것이다. 숙모는 숙부가 유별나게 밝힌다고 했지만, 내가 전철에서 관찰해보니 남자는 모두 숙부랑 똑같았다. 전철을 탈 때부터 눈을 부릅뜨는 게 아니다. 탈 때까지는 멍청하다가도 일단 타고나면 물이 흐르듯이 무의식적으로 그렇게 한다. 대부분의 경우는, 여자 앞에 가서 섰다고 하여 무슨 일을 이루어 내는 건 아니다.

남자 고등학생조차 "오늘은 아침부터 운이 좋았어. 메이다 이마에의 계단에서 굉장히 예쁜 여학생이 넘어졌어. 팬티가 흘낏 보였다고" 한다. 남자들은 그런 날은 뭔가 좋은 일이 있을 것 같고, 마음이 들뜨고 신이 나는 모양이다.

이제 곧 일흔이 되는 글쟁이 친구조차 "나 아직 괜찮나봐. 글쎄 지금도 거리를 걷다가 젊은 여자를 보면 기운이 난다니까. 민소매를 입는 계절이 좋아. 여자들 두 팔의 어깻죽지 부근을 보면 살아 있다는 게 멋지다는 생각이 들어." "못생겨도 좋아?" 하고 물었더니, "가능하면 미인이 좋지."

사토 군은 세상 여자를 알기 쉽게 둘로 나눈다. 이야기를 하다가 여자 이야기가 나와서 "어떤 사람?" 하고 물으면 "그게 미인이야"라든가 "미인은 아니지만"이라고밖에는 대답하지 않는다. 어느 날 밤, 아내 마리코가 홀로 일어나 앉아 침실 텔레비전을 보고 있었는데, 텔레비전 속에서 '미인'이란 말이 나온 순간, 푹 잠든 줄 알았던 사토 군이 벌떡 일어나서 "어디?" 하고 물었다고 한다.

여자 중에도 남자 잘생긴 것을 지나치게 밝히는 여자가 있긴 하지만, 태반의 여자는 전철 안에서 흘낏 미남자를 보았다

하더라도 종종걸음으로 그 사람 앞에 가서 서거나 하지 않는다. 그런 식으로는 프로그램 되어 있지 않다. ……라고 나는 생각한다. 거의 대부분의 주간지 화보가 젊은 여자의 반라 사진을 싣고, 그걸 모두 별 생각 없이 당연하다고 생각하고 넘어가지만 잘 생각해보면 이상한 일이다. 여자들은 그 부분이 방해가 돼서 훌훌 넘기고 본편으로 들어가지만, 남자들은 우선 한동안 그걸 신나게 감상하고 나서 흐뭇한 기분이 되어 본편으로 들어가는 모양이다.

그런 차이가 평생 계속 된다는 것은 중차대한 일 아닌가. 아침부터 잠들 때까지 남자가, 그런 별것 아닌 것 같은 일로 기쁨에 가득 차 있다는 것은 부러운 일이다. 그것을 대신할 여자 일반의 사소하고 중대한 기쁨은 무엇일지, 바삐 찾아봐도 딱히 이거다 하고 알기 쉽게 말할 수 있는 것이 없다. 여자는 그렇게 기쁨을 주는 것이 사람마다 다 달라서 그런가. 혹은 전혀 없어서 그런가.

좋다, 어차피 축구에 대해서는 아무것도 아는 게 없다. 얼굴, 얼굴만 차분히 봐주자. 어디가 이기든 알 바 아니다.

당연한 일이지만, 나는 베컴님을 보고 놀라버렸다. 영화 스타라도 이 정도로 조형미가 뛰어난 남자는 드물다. 브래드 피트조차 베컴 앞에 서면 미적지근하고 둔한 느낌이 든다. 게다가 강하다, 다른 남자보다 월등하게 강하다. 몸 전체의 근육과, 보이지는 않지만, 위장이라든가 방광까지가 불끈불끈 약동하며 쓸데없는 움직임은 하지 않을 것 같다는 생각이 든다. 자기 자신도 지나치게 충분할 정도로 그런 사실을 잘 알고 있겠지만, 시합 중에는 그런 것에 신경 쓸 겨를이 없을 것이다. 그런 거 신경 쓸 겨를 없이 필사적으로 뛰는 모습이 더욱 아름답다는 사실도 알고 있을 것이다.

어느 선수나 지금 이 순간 외에는 신경 쓸 겨를이 없는 것처럼 열심이다. 아이가 운동회에서 필사적으로 뛰는 모습을 보면 남의 아이라도 눈이 촉촉해지게 마련인데, 내 눈은 오로지 베컴님을 쫓는다. 이것은 나의 의지가 아니라 내 눈알이 멋대로 쫓고 있는 거다.

그리고 어느 팀이나 강한 선수가 더욱 특별한 미모를 자랑한다. 한국의 안정환, 이탈리아의 '이탈리아 왕자님'이라 불리는 남자, 나카타도 제법이다.

나는 하루하루 결승으로 다가가고 있는 시합에 점차 빠져들기 시작했다. 그러자 아침에 눈을 뜰 때부터 뭔가 기쁘고 기대에 찬 하루가 시작되는 거다. 오늘은 누구누구를 볼 수 있을까.

어쩌면 남자 일반은 매일 이런 기분일까. 나와 베컴 사이에는 그 어떤 관계도 생길 일이 없다. 그런 관계를 가지고 싶은 마음조차 없지만, 그를 보면 뱃속 저 밑바닥에서부터 작은 기쁨이 거품처럼 보글보글 솟아오른다. 나이를 생각해. 사는 나라도 다르단다. 하지만 종종걸음으로 전철 안의 미인 앞에 서는 남자 역시 어떻게 해보자고 하는 게 아니고 단지 작은 기쁨을 온몸에 가득 채운 후, 다시 종종걸음으로 전철에서 내리는 것뿐이리라.

이것은 성욕하고도 무관한 것 같다는 생각이 들었다. 예순넷의 여자에게 성욕이 있을지 어떨지, 스스로도 판단이 서지 않았지만 억지로 파고 파고 마구 파면 강바닥의 사금 한 알 같은 것은 발견할 수 있을지도 모르겠지만, 만약 그것을 사용하라는 말을 듣는다면, 나는 베컴님을 위해서 사용하고 싶다고는 생각하지 않는다.

억지로라도 그것을 사용해야 한다면 나는 베컴이 아니라 다부진 용모의 저 심판, 혹은 〈양들의 침묵〉의 렉터 박사로 캐스팅하면 딱 어울릴 것 같은 저 대머리 장신 남자에게 사용하고 싶다는 것을 나 스스로 찾아냈다. 내가 훨씬 젊은 절세의 미녀라면 세상의 모든 남자를 건드려 보고 싶을지 모르지만, 세상에 '만약'이란 것은 존재하지 않는다.

강한 남자가 아름답다는 것은 어떤 것일까. 아름다운 여자가 재능까지 타고났다면 세상의 99퍼센트의 여자들은 질투 범벅이 되어, 약간의 반감을 가질 것이다. 그런데 그 스타디움을 가득 채운 열광하는 군중의 대부분을 차지하는 남자들은 재능에다가 외모까지 갖춘 강한 남자 선수들에게, 여자가 여자에게 갖는 것 같은 반감은 갖지 않는 걸까. 물론 여자가 그 선수를 보고 꺄아 꺄아 소리를 질러대는 것을 보면 내심 재미는 없을 것이다.

전 세계에서 모인 선수단을 보면서 나는 내 안에 있는 무지로부터 오는 고정관념에도 놀랐다.

아프리카의 검은 표범 같은 사람들을 보면, 나는 아무것도 모르므로, 이 사람들은 본국으로 돌아가면 혹시 알몸이 되어 축제의 밤에 불 위를 뛰어넘으며 우렁찬 목소리로 괴성을 질러대는 건 아닐까, 하고 혼자 생각하며 자못 흥분한다. 그러다가 아마도 세네갈의 수도는 빌딩이 즐비하고 자동차도 많아서, 세계의 다른 도시들과 전혀 다르지 않을 거라는 데에 생각이 미치는데, 그러면 괜히 아쉽다.

그리고 검은 사람들과 하얀 사람들이 시합을 하면, 나는 단연코 검은 사람들이 이겼으면 하고, "자, 해치워!!" 하고 외친다. 갈색인 사람들과 하얀 사람들이 싸우면 당연히 갈색인 사람들에게 마음을 쏟는다.

한국인의 근성을 보고 나는 깜짝 놀랐다. 관중석이 새빨갛게 노도와 같이 열광하는 것을 보고, 북한과 같은 민족인 거다, 통일이 되면 이 사람들은 두 배로 근성을 발휘할지도 모른다는 생각이 들었다. 그리고 가슴이 두근거리면서 부디 일본과 대전하지 않았으면, 혹시라도 대전하게 되면 일본은 져주는 게 나아, 저 끈질긴 파워와 비교하면 일본은 마치 도련님 같아서 이길 수 없을 거야, 하고 생각했다. 그러다가 일본이 한국과 대전을 안 하게 된 것에 가슴을 쓸어내렸다. 한국은 인간의 힘을 초월한 기세로 승리를 계속해나갔다.

민족에게는 민족의 특징이 있다. 그 무시무시한 근성을 예전의 제국 일본은 간파하지 못했던 것일까. 내가 제국 일본이었다면 그 무시무시한 애국심과 근성과 능력을 가진 민족에게 결코 손을 대는 일 따위는 하지 않을 텐데, 하는 생각만으로도 가슴이 두근두근하면서도, 안정환과 나카타를 비교하면 얼굴에서도 졌구나 하고 넋을 잃고 안정환에게로 눈길이 가서 짝짝짝 박수를 치고 있다.

전에 잠깐 이탈리아에서 산 적이 있는데, 그때는 아무리 노력해도 현대의 이탈리아 남자가 로마 제국 시저들의 자손이라는 느낌이 들지 않았다. 그들은 대낮부터 나 같은 여자에게도 추파를 던지며 휘파람을 휘익휘익 불어댔다. 그런데 축구 시합 싸움에 나서서 눈을 부릅뜨는 모습을 보면, 이 사람들은 축구 유니폼보다 역시 로마 시대의 토가가 더 어울리는, 로마 시대의 조각 그대로다.

북유럽은 해적의 차림새로 어두운 바다에 있을 때 가장 멋지게 보일 것이다. 또 독일 남자만큼 군복이 어울리는 국민은 없다. 라고, 남이 들으면 반죽음을 당할 수도 있는 생각들이 머리를 스치고 지나간다. 정말로 무지한 믿음은 세계 평화의 적이다.

그리고 결승전. 브라질과 독일이다. 나는 물론 백인이 아닌 브라질이 이기기를 바라지만, 얼마 전부터 독일의 골키퍼인 칸에게 마음을 빼앗겼다.

왠지 굉장한 얼굴을 하고 있구나, 도저히 미남이라고는 하기 어렵지만, 콘도르나 독수리가 먹이의 숨통을 끊어놓듯이 어떤 공도 저 손 앞에서는 튕겨져 나온다. 저런 남편이 있다면 아내는 얼마나 호강할까. 아무리 어려운 문제가 닥쳐도 저런 남자가 가정의 골문을 지키고 있다면 모두 탁탁 쳐내줄 것이다. 아, 나도 저런 남자가 지켜주는 골문 안에서 평온한 일생을 보내고 싶다.

나는 점차 독일이 우승하기를 바라게 됐다. 그러나 결국 브라질이 우승했다. 호나우두의 빛나는 웃는 얼굴, 선수들에게서 터져 나오는 기쁨의 파도. 승리를 쟁취한 남자들은 아름답다.

그때 카메라가 칸을 잡았다. 칸은 골대에 등을 댄 채 지면까지 주르륵 미끄러지면서 주저앉았다. 그 고개 숙인 옆얼굴을 보는 순간, 나는 톨스토이가 됐다. '행복한 가정은 모두 같지만, 불행한 가정은 제각각 다르다.'

승리는 동등하게 빛난다. 그러나 패배는 제각각 다른 그림자를 드리운다. 그리고 나는 생각했다. 브라운관 속에 이 아름다운 남자만 나타나면 나도 모르게 그리로 시선이 가고 나도 모르게 눈이 두리번두리번 거리고, 나도 모르게 마음속에 작은 햇살이 비쳐 들어온다. 하지만 그뿐이지요. 그때그때의 기쁨. 사람은 어떤 불행이 닥쳐도 작은 기쁨이 있으면 살아

갈 수 있다. 작은 기쁨을 많이 발견하는 것은 살아가는 데 꼭 필요한 비결임에 틀림없다. 남자들은 본능적으로 전철 안에서 미인 앞에 선다. 그 정도로 괴로운 인생인 거지요. 그런 거지요.

베컴도 안정환도 이탈리아의 왕자님도 자기 집으로 돌아가 버렸다. 기쁨은 짧고 슬픔은 길다.

베컴은 나한테서 탈락했지만, 칸에게 나는 미련이 남는다.

"어디서 칸이 시합에 져서 주저앉던 순간을 찍은 포스터 안 파나? 되도록 큰 놈으로. 콘도르나 고릴라처럼 공을 쳐서 떨어뜨리는 사진 말고." "뭐할 건데?" "침실 천장에 붙여놓을 거야. 눈을 뜨면 맨 먼저 만나는 사람이 칸. 슬픈 칸을 갖고 싶어." "너, 정말로 남자 볼 때 용모는 안 보는구나. 하지만 그 사람 굉장한 인기라서 칸의 노래까지 나왔고 일본어 버전도 있어." "뭐?" "여자는 그런 데에 약한가봐. 모성본능을 불러일으키는 거지."

그런 거야? 이유는 모르겠지만, 울컥했다.

그건, 그건 말이지요

여기에 와서 처음 맞는 여름, 집 안에 검은 것이 붕붕 날아 들어와서 파리채로 잡았다. 보니까 벌 같았다. 가늘고 긴 잘록한 몸통에 노란 줄무늬가 들어간 것이 꽤 아름답다. 몸통은 무척 딱딱하다. 처음에는 티슈로 싸서 쓰레기통에 버렸다. 파리보다는 잡기가 쉬웠다.

집 안의 문을 닫아도 어디로 들어오는지 계속 들어온다. 내 명중률은 자꾸만 높아져서 백발백중이 되었고, 하나하나 티슈로 싸지 않고 빗자루로 모아서 쓰레받기에 담을 때에는 어망 가득 물고기를 잡은 어부 같이 가슴이 두근거리기조차 했다.

텔레비전을 보면서 빨래를 개는데 팔이 따끔하더니 타월 속에서 미처 안 죽은 벌이 떨어졌다. 얼른 죽였다. 몸통이 딱딱해서 잘 찌부러지지 않아 파리채로 때렸는데도 즉사하지 않았던 모양이다.

쏘이고 나서 혹시 말벌일지도 모른다고 생각하여 곤충도감에서 찾아보니 말벌은 종류가 엄청 많아서 한 페이지 몽땅, 잔뜩 있었다. 이 벌은 두 번째로 크게 그려져 있는 장수말벌이었다.

어느 병원으로 가면 좋을지 몰라 급히 에리코 씨한테 전화했다. 에리코 씨는 아무리 큰일이 나도 당황해서 허둥거리지 않고 천천히 천천히 이야기한다.

"쏘였어요? 아-, 작년에 K씨네 아들이 쏘여서 죽었잖아요. 차 안에서 죽었어요. K씨가 몸이 안 좋아져서 아들이 풀베기를 도우러 왔다가 변을 당한 거예요. 차 안에서 죽었기 때문에 한동안 아무도 몰랐어요." "쏘이고 나서 얼마 만에 죽나요?" "바로." 바로라면 벌써 나는 죽은 걸까. 한가하게 도감 따위를 들춰보고 있었다니.

"어느 병원으로 가면 좋을까요?" "저어, 우리 마을에는 의사가 없어요. 전에는 의사선생님이 있었어요. 한 사람은 무면허

였지만 명의였지요. 그다음 의사는 수의사였지만 사람도 진찰했어요. 수의사도 명의였지요." 명의뿐이었구나. 바로 죽는다니, 나는 체념했다. 죽는다면 이미 죽은 것이나 다름없다.

"무면허 의사는 발각이 됐어요. 그래서 그 사람은 지금 없고, 수의사는 사람을 진찰하던 게 발각이 돼서 역시 없어요. 하지만 장수말벌한테 쏘이면 죽어요. 큰일이네요. 맞다-, 하기와라 씨 댁의 교코 씨라면 병원을 알 테니까 교코 씨한테 묻는 게 가장 좋을 거예요."

하기와라 씨 집에 전화하니까, 교코 씨는 "바로 갈게요" 한 마디만 하고 전화를 끊었다. 눈 깜짝할 사이에 교코 씨가 차를 가지고 나타났다. 너무나도 금방 나타난 것을 보고 장수말벌에 쏘이는 게 정말 큰일이라는 것을 알 수 있었다.

"장소 가르쳐주면 내가 갈게요" 하자, "말도 안 돼요. 가는 도중에 어떻게 될지 모르잖아요. 빨리, 빨리" 하고 말하는 교코 씨의 얼굴은 굳어 있었다.

그래도 나는 바로 죽지 않았으니 죽지 않겠지 하고 생각했다. 만약 죽어도 말벌에 쏘인 덕에 무면허 의사와 수의사가 있었던, 여유로운 예전의 마을 모습을 알고 죽게 되었으니 득을 본 기분이었다. 증거물로 벌 한 마리를 타파에 담아서 가져간 것은, 내가 생각해도 참 잘한 일이었다.

벌은 천장의 다운라이트 틈새로 자꾸만 들어오는 모양이었다. 집안의 다운라이트는 열 개가 넘는 터라 병원에서 돌아왔더니 온 집안이 벌투성이가 되어 집 안으로 들어갈 수가 없었다. 그날 밤은 근처 펜션에서 지냈다. 또 다시 에리코 씨한테 전화해서 벌은 어떻게 퇴치하는지 물었다.

다시 많은 이야기를 듣고 아라이 씨에게 부탁했다. 그게 못하는 게 없는 재주꾼 아라이 씨와 친해지게 된 계기였다. 목욕탕 덧문이 수납되는 공간에 벌집이 지어져 있었다.

봄이 되어 에리코 씨 집에 갔더니 참으로 고운 수선화가 피어 있었다. 태어나서 처음 보는 종류였다. 하얀 꽃잎 안에 하늘거리는 작은 그릇 같은 부분이 있고, 그 그릇 같은 부분의 가장자리에 한줄기 주홍색이 테를 두르고 있다. 수선화는 둥글게 심어져 있었다. 꽃 이름이 입술연지수선화라고 후루야 씨가 가르쳐줬다.

내가 갖고 싶어 하니까, 후루야 씨는 웃으며 "아마추어는 꽃이 피어 있을 때 갖고 싶어 해요"라고 했다. "언제가 좋은데요?" 하고 묻자, "꽃이 끝나고 잎도 마르고 구근만 남았을 때"

라고 해서, '그렇구나' 하고 생각했다. 그리고 다음 날, 에리코 씨와 후루야 씨가 수선을 가지고 와줬다.

꽃과 봉오리가 많이 붙어 있었다. 내가 아마추어이기 때문에 '할 수 없지' 하고 가져와준 걸까. 후루야 씨는 "조용히, 조용히, 꽃이 눈치 채지 않게"라고 말하며 살그머니 조심스럽게 내게 수선을 건넸다.

"해가 잘 드는 곳이 좋아요" 해서 걱정이 됐다. 우리 집은 해가 잘 드는 곳이 적다. 살그머니 살짝 건네받은 수선을 들고 히죽거리며 멍청히 서 있었더니, 후루야 씨는 "꽃한테 장소가 바뀌었다는 걸 들키지 않아야 해요" 하고 한 번 더 말하고 에리코 씨와 함께 돌아갔다.

나는 살그머니 바로 심었지만 걱정이었다. 수선은 정말로 눈치채지 못할까. 나는 확실히 하기 위해서 "너, 어디에도 옮겨 심지 않았어" 하고 꽃을 향해 말했다.

이듬해 봄이 되었을 때 꽃이 세 송이 피었다. 에리코 씨 집에서 피었을 때보다 조금 작은 것 같았다. "너, 여기는 우리 집이 아니라 에리코 씨 집 마당이야" 하고 하얀 작은 꽃을 향해 다시 한 번 말했다. 역시 햇볕이 조금 부족했나.

난 이 꽃 반드시 지킬 거야. 그래서 앞마당의 낙엽송을 열

일곱 그루나 벴다. 사람들한테는 "태풍이 와서 나무가 쓰러지면 집이 무너지니까요"라고 했다. 70년 지난 낙엽송은 쿵 하고 땅을 울리며 쓰러졌다. 70년의 생명을 쿵 하고 쓰러뜨렸다. 커다란 크레인차가 굵은 줄기를 웅웅거리며 트럭에 싣고 갔다.

이제 꽃도 떨어지고 잎사귀도 없어져서 수선의 형체가 남아 있지 않은 땅을 향해, "너 튼튼하게 사는 거다" 하고 쪼그리고 앉아서 말했다.

친구가 "있지, 나이 먹으면 혼잣말을 하게 돼" 하고 언젠가 말했던 게 문득 생각났다. "호오, 그래? 난 혼잣말을 한 게 아니라 수선화랑 이야기한 건데" 하고 시치미를 떼었다.

후루야 씨는 꿀벌을 키운다. 곰이 오기 때문에 지붕 위에서 키운다. 계절이 바뀔 때마다 벌통을 어딘가로 옮겨 놓으러 가는데 거기를 따라 간 적이 있다.

그게 어디였는지는 기억이 안 난다.

다만 하늘이 넓었고, 가지가 멋있게 뻗은 나무 아래에 벌통이 있었던 것 같은데, 그런 기억도 그냥 내가 만들어낸 것인지도 모른다. 커다란 모자를 쓴, 긴 스커트를 입은 에리코 씨가 사뿐히 나무 아래 서 있었던 것도 같은데, 그런 기억도 그냥 내가 만들어낸 것인지도 모른다.

후루야 씨는 예수 같은 얼굴과 몸을 하고 있다. 그래서 나는 때때로 불안해진다. 후루야 씨가 유럽의 시골을 여행하는 중에, 십자가가 좀 어설프게 되어 있는 교회의 교구 사람들이 후루야 씨를 보게 되면, 그 즉시 발가벗겨서 십자가에 매달겠다고 하지 않을까. 그럴 때에도 후루야 씨는 하느님같이 조용한 사람이라서 "내가 알아차리지 못하게 살그머니 매단다면 괜찮아요"라고 대답할 것 같았다.

어느 날 에리코 씨 집에 갔더니, 후루야 씨가 꿀을 내리고 있었다. 사각 나무틀에 빽빽이 달라붙은 벌집을 파란 드럼통 안에 끼워 넣고 드럼통을 붕 붕 붕 돌리고 있었다. 거짓말처럼 꿀이 줄줄 흘러나온다. 그렇게 모인 꿀을 드럼통에 달려 있는 수도꼭지를 이용하여 병으로 옮겨 담는다.

"와- 벌 키우는 거 그저 취미인 줄만 알았는데" 했더니 눈으로 웃으면서 말없이 붕 붕 돌린다. 후루야 씨는 웃을 때에도 늘 눈으로만 웃는 무척 조용한 사람이기 때문에, 그가 웃는 모습을 볼 때마다 내가 야만인이나 들개가 된 기분이다. 태풍이 불던 날, 벌통 뚜껑이 닫혀서 벌이 전부 죽어버린 적이 있다고 했다. 그래서 태풍이 부는 날에는 몇 번이나 지붕에 올라가곤 한다고. 줄줄 흘러 떨어지는 벌꿀은 정말로 고맙고 귀한 것이었다.

맛봤더니 꿈같은 맛이 났다. 후루야 씨는 두 병이나 줬다. 하나는 밤꽃의 꿀이고 또 하나는 '들꽃'인데, 후루야 씨가 일러스트를 그려 넣은 라벨이 붙어 있었다. 이렇게 턱하니 두 병이나 주다니, 후루야 씨는 역시 예수님이다.

나는 받아온 꿀을 보물처럼 아껴가며 아주 조금씩 맛봤다. 버터 토스트에 벌꿀을 발라서 먹으니 황홀했다. 물엿이 들어간 꿀을 사서 먹는 전국의 사람들을 향해 "앗하하하" 하고 웃고 싶어졌다.

손님이 오면 나는 내가 만든 것도 아닌데 은혜라도 베풀듯이 '진짜 벌꿀'을 내놓고 내가 가지고 있는 지식을 다 발휘해 자랑했다.

아무렇지도 않게 벌꿀을 푹 떠서 빵 위에 두텁게 바르는 남자가 있으면, 나는 테이블 아래에서 주먹을 꽉 쥐고 꼼짝 않고 째려본다. 너, 시중 잡꿀과 진짜 꿀의 차이를 아느냐고 마음속으로 외친다.

그리고 나서 해마다 벌꿀을 받았다. 에리코 씨가 "벌꿀 아직 남아 있어요?"라고 물어봐주면 그녀가 마리아님으로 보인다.

어느 해 연말에 친구가 와서 오세치요리*를 우리 집에서 만들었다. 한창 긴톤**을 만들던 중에 물엿이 부족해졌다. 친구가 "사노 씨, 이 꿀 넣어도 돼?"라고 말했을 때의 내 반응은 굉장했다. 나는 한순간도 지체하지 않고 "안 돼!!" 하고 외쳤다. 친구는 불끈 화가 난 표정을 감추지 않았다.

"그건, 그건, 그건 말이지." "알았어, 알았어" 하고, 그녀는 뾰로통해져서 대답했다. 내가 말도 안 되는 구두쇠로 보였을 것이다. 꿀을 쓰라고 하고서도 '그건, 그건 말이지' 하고 나는 마음속에서 계속 말하고 있었다. 100킬로그램의 설탕은 써도 좋지만, 그건, 그건 말이지. 살짝 혀를 대서 꽃의 향기와 함께 나무 아래 서 있는 에리코 씨랑 푸르고 드넓은 하늘이랑 들판의 꽃과 큰 밤나무가 혼연일체가 되어 입 안에서 퍼지는 것을, 꿈처럼 맛보는 거야. 천천히 그게 온몸에 퍼지는 것을 느

---

* 일본에서 정월 초에 먹는 음식.
** 고구마·강낭콩 등을 삶아 가는 체에 으깨 설탕을 넣고 반죽하여 달게 조린 밤·강낭콩 등을 섞은 것.

끼는 거야. 그건 행복이란 거라고.

이듬해 연말에 그 친구는 "자, 물엿 잔뜩 사왔어" 하며 탕 하고 물엿을 테이블 위에 놓았다. 그건 말이지, 그건 말이지. 아직 이 사람, 나를 구두쇠라고 생각하고 있나봐.

후루야 씨는 벌을 서양꿀벌에서 일본꿀벌로 바꿨다. 일본 꿀벌은 개체수가 확 적어졌고, 게다가 키우는 것이 굉장히 어렵고 얻을 수 있는 꿀도 무척 적다고 한다. 그래서 일본꿀벌을 키우는 사람이 계속 줄었고, 그러다보니 일본꿀벌의 꿀도 갈수록 더 희소해졌다.

아라이 씨는 "시중에서 파는 벌꿀은 벌한테 설탕물을 먹여서 만들어낸 게 많아" 하지만 "이 일본꿀벌의 꿀은 옛날에는 약으로 썼고, 엄-청 몸에 좋은 거야" 하고 모르는 게 없다. 후루야 씨는 그 꿀도 나에게 줬다.

핥아보니 살캉살캉하다. 이제 나에게 그것은 그냥 벌꿀이 아니다. 동방의 세 박사가 예수 탄신일에 가져온 몰약이라는 물건과 같다. 몰약이 뭔지는 모르지만, 분명 일본꿀벌의 꿀이었을 것이다.

그런데 우리 집 안에 새카맣게 들어온 장수말벌에게서 벌꿀을 얻을 수는 없는 걸까. 나는 그 후에 장수말벌에게 두 번이나 더 쏘였는데도 죽지 않았으니 나야말로 장수말벌을 키우기에 적합한 체질일 것 같은데.

아라이 씨에게 물었더니, "장수말벌은 애벌레가 맛있지"라고 했다.

그렇다면 괜찮지만

철물점 '우치보리'에 목장갑을 사러 갔다. 가게 앞 벤치에 우치보리의 아줌마가 부채를 들고 앉아 있었다. "사모님, 좋은 거 입고 있네요." 내 멜빵바지를 보고 아줌마는 말했다.

"저어, 이거 제가 직접 만든 거예요." "어머나-, 사모님 솜씨 좋네요-." 나는 솜씨가 좋지는 않다.

"이거, 명주인가요?" "그게, 낡은 기모노를 많이 받았거든요. 그거 뜯어서 만든 거예요. 이 기모노 준 사람 백 한 살이에요." "어머나-, 백 한 살, 닮고 싶네요-."

나는 돌연 말문이 막혔다. 나는 장수는 지옥이라고 생각하던 터라 백 한 살을 닮고 싶다고 말하는 사람이 지금 세상에도 있을 줄은 몰랐다. 아아, 옛날 사람들은 장수를 다같이 축복했을지도 모른다. 내게 이 기모노를 준 할머니도 장수하고 있는 것을 고마워할까.

먼 옛날, 여덟 살 때, 한동안 시골 친가에서 지낸 적이 있다.

사촌 앗짱네 집 할아버지는 그 마을의 오래된 철학자 같은 존재로, 중국의 신선처럼 턱에는 흰 수염을 늘어뜨렸고 머리는 반들반들 윤이 나는 대머리였다. 흙벽으로 된 곳간을 서재로 삼아 재래식으로 장정한 책을 잔뜩 쌓아 놓고 근엄한 표정으로 '이거야말로 은거다' 하는 은거를 했다. 나중에 들었는데, 할아버지는 서른다섯 살 때부터 은거하기 시작했다고 한다.

앗짱의 숙제는 전부 할아버지가 해주었다.

앗짱네 집 마당에는 수령이 이백 년이나 된다는, 온 마을에서 가장 훌륭하고 모양이 좋은 소나무가 하나 서 있었는데, 앗짱네 집이 마을에서 제일 높은 곳에 있었으므로 그 소나무 또한 마을에서 제일 높은 데 서서 온 마을을 내려다봤다. 가난한 마을이 그 소나무 덕분에 격조가 높아졌다고나 할까.

할아버지는 흰 수염에 대머리가 빛나는 중국 신선 같은 자태를 하고 소나무 앞 툇마루에 앉아 있곤 했다. 목욕탕에 그려져 있는 일본 풍경 페인트 그림이 너무 틀에 박힌 것이라서 보면 웃음이 나오듯이, 그러고 있을 때의 할아버지는 일본의 바른 노인을 대표하는 화상畵像 같아서 보면 웃음이 나올 것 같았다.

그 신선 같은 할아버지는 손자인 앗짱이라면 깜빡 죽었던 지라, 어느 날 놀러 갔더니 앗짱은 할아버지의 흰 수염을 세 가닥으로 땋고 그 끝을 빨간 털실로 묶고 있었다. 빨간 리본 네댓 개가 할아버지의 턱 주변에서 펑펑 튀고 있고, 앗짱은 "할아버지, 움직이지 좀 마" 하고 나무라고 있는 것이었다.

"할아버지, 귀엽지?" 하고 앗짱은 내게 말했지만, 할아버지는 빨간 리본을 펑펑 흔들면서도 엄숙한 표정을 흩트리지 않았다.

어른이 되어 앗짱을 만났더니 "하아, 죽기 적에 할아버지는 곱게 치매가 왔어. 그저 마냥 싱글거릴 뿐이었어. 그렇게 싱글벙글 웃게 되면, 하아, 남은 날이 길지 않았다는 거지" 했다. 그런 말을 나눌 때만 해도 세상에 지금처럼 치매 노인이 많지는 않았다.

"할아버지는 엄청 까다로워서 엄마가 고생을 많이 했지만, 죽기 전에는 늘 싱글벙글하면서 '미안하구나'라거나 '고맙구나' 하며, 정말 부처님처럼 되어버렸다니까. 엄마, 엄청 편해졌었어."

그때는 치매 노인을 여유로운 시선으로 목가적으로 바라봤다. 치매가 와서 부처님처럼 되는 것은, 저 세상의 다리를 건널 준비를 하는 것, 그래서 노인이 걸어갈 이상적인 상이요, 따사로운 볕이 드는 풍경이기도 했다.

그로부터 50년. 섬뜩한 치매 노인을 눈앞에 보게 되었다.

노망기가 든 지 14년, 마지막 2년간은 체중 24킬로그램. 손으로 만져보면 체온이랄 수 없는, 책상이나 의자와 같은 온도, 거의 시체였다. 삶과 죽음의 경계가 이것인가 싶었다. 의식이 혼탁해지고 딸 이름도 가물거리기 시작했을 무렵, 마지막까지 나를 젊었을 때의 별명 지로초 씨라고 부르며 차가운 손으로 내 손을 붙잡고 있던 친구의 어머니.

그리고 의식을 가지고 한 말인지 아닌지 모르겠지만 "지로초 씨는 착한 아이예요"라고 말해줬는데, 그 말이 그이와 주고받은 마지막 말이 되었다. 나를 '착한 아이'라고 말해준 것은 평생 그이뿐이었다.

인생의 격랑 속에서 등을 곧게 펴고 자긍심으로 삶을 버티던 그 매력적인 여성은 어디로 가버린 걸까. 완전히 변해서 작은 오브제같이 되어버린 사람을 보면서, 나는 감상이란 것을 가질 수 없었다.

다른 친구는 배회하는 어머니의 팔과 자신의 팔을 끈으로 꽁꽁 묶고 여러 해를 간병하면서 뒤집어쓰듯이 술을 마셔댔다. 그리고 어머니의 장례가 치러지던 밤, 뇌출혈로 자신도 죽어버렸다. 그때도 나는 감상을 가질 수 없었다. 어떤 감상도 말도 그 사실 앞에 무력했다.

사람들이 너무 오래 산다.

일흔일곱 살의 어머니를 유럽여행에 데려간 적이 있었다. 스위스의 융프라우 산자락, 하이디가 뛰어놀았을 것 같은 마을을 내려다보며 어머니가 "여기서 죽어도 좋아"라고 기뻐했을 때, 하늘에서 운석이 떨어져 어머니에게 명중해서 절명했다면, 어머니는 행복한 채로 천국에 갈 수 있었을까, 하고 생각하는 일이 때때로 있다. 그로부터 11년, 어머니는 난 누구? 여기는 어디? 지금은 언제? 하고 말하고 또 말하는 부조리극의 주인공처럼 되어버렸다. 어쩌다 진짜 부조리극을 보게 되면, '뭐, 그 정도 가지고 호들갑이냐. 입으로만 부조리극을 하는 것들, 우리 엄마를 보면, 졌다, 미안, 하고 머리 숙일걸' 하고 나는 독살스러운 말을 속으로 퍼붓는다.

그래도 나는 아직 무른 구석이 남아 있다. 이 마을에서 살기 시작하면서, 자연과 일체가 되고 대지를 밟으며 노동하는 사람들은 앗짱의 할아버지처럼 목가적으로 늙어갈 것이라는 순진한 생각을 여전히 한다.

아라이 씨 집에 놀러 갔더니, "어제 장례식에서 말이지요" 하기에, "엇, 누가 죽었어요?" 하고 물으니 "이웃집 할머니" 하고 밭 저 너머를 가리켰다. 이웃이 참 멀기도 하다.

"집에서 죽었어요?" "아아니, 양로원에서요." "치매였나요?" "그래요, 그 집은 엄청 고생했어요." 시골에서 농사를 지어도 치매에 걸리는구나. "시골 사람은 치매에 안 걸리는 줄 알았는데."

"이 동네 사람들도 치매에 걸린 가족 때문에 엄청 고생들 해요. 잰걸음으로 집을 나가 산속으로 들어가 버리는 사람도 있어요. 눈 깜작할 사이에 나가버려요. 이튿날 산에서 죽어 있었지. 산에 들어가 버리면 찾는 게 엄청 고생이거든요. 비척비척 걷다가 차에 치여서 죽은 사람도 있고. 차로 친 사람은 안됐지." 아라이 씨는 대단하다. 늘 아무렇지도 않은 목소리다.

나는 더 이상 묻는 것이 조심스러워졌다.

이웃의 빨간 지붕 위로 아사마 산이 연기를 내뿜는다. 아사마 산도 아무렇지도 않다는 듯이 가만히 서 있다.

백 한 살인 사람의 기모노를 풀어서 뜯었다. 몇 십 벌이나 풀었다. 기모노는 신기하다. 기모노를 풀어서 뜯으면서 나는 만난 적도 없는 백 한 살인 사람이 이 기모노를 입고 어디를 가서 무엇을 했을까 생각한다.

가문의 문장紋章이 새겨진 검은색 하오리*도 몇 벌이나 된다. 상복도 많이 있다. 누구 장례식에 갔던 걸까. 우리는 평생 살면서 도대체 몇 번이나 장례식에 갈까. 자신의 친족, 남편의 친족, 혹은 남편 동료의 장례식에도 갔을 것이다. 누군가는 자기 남편의 장례식에도 갔을 것이다. 바닥에 손을 짚고 몇 번이나 절을 했겠지. 단지 의리상 간 장례식도 있었을 것이고, 눈물을 흘린 정말로 슬픈 장례식도 있었을 것이다.

여름에 걸치는, 올을 성기게 짠 감색 비단도 있었다. 바탕은 물이 흐르는 무늬로 되어 있다. 그 비단을 보고 있자면 만난 적도 없는 백 한 살인 사람이 양산을 받치고 다리에 서서

---

* 일본 옷 위에 입는 짧은 겉옷.

다리 아래 흐르는 물을 바라보고 있는 모습을 몰래 엿보는 것 같은 기분이 든다. 백 한 살인 그 사람은 젊고 아름답다. 몸이 날씬하고 하얀 손가락을 하고 있다. 불륜이라도 하고 있다면 멋있을 텐데.

나는 자꾸자꾸 기모노를 해체해간다. 그러고 있자면 그 사람의 추억도 갈기갈기 해체하고 있다는 기분이 든다.

기모노는 신기하다. 갖고 싶은 새 기모노를 발견한 사람의 가슴속에서 이는 마음의 화사함은 아마 시중의 브랜드 옷을 탐내는 마음과는 다른, 굉장히 깊은 욕망이었을 것이다. 오비지메* 하나만 하더라도 그것이 가져다주는 무한히 확산되는 즐거움은 기모노를 입어 본 사람만이 느낄 수 있다. 이 사람이 이처럼 많은 기모노를 하나하나 장만할 때마다 느꼈을 두근거리는 마음이, 기모노를 갈기갈기 해체하고 있는 나에게도 전해져온다.

이 사람은 백 한 살이 될 때까지 서양 옷을 한 번도 입지 않았다고 하는데, 그렇다면 이 기모노 중에는 거의 1세기 동안을 그녀의 피부에 닿아온 것도 있겠지. 그것을 본 적이 없는

---

* 기모노의 허리에 두르는 오비 위에 매는 끈.

내가 그것들을 분해해서 세탁기에 던져 넣고 있다. 그녀의 일생이 이렇게 사라져가는 거다.

나는 내가 입었던 기모노를 생각한다. 얼마 입지도 않았지만, 그 한 벌 한 벌을 마련할 때마다 분발하고 고민하며 망설이던 나 나름의 집념이 있었다. 그래서 되도록 아무에게도 주고 싶지 않다. 관에 채워 넣거나 태워도 좋으니까 내 손에서 떠나보내고 싶지 않다. 다음 세대는 기모노를 입을 사람도 없겠지. 모두 모아 쓰레기로 내놓을지도 모른다. 오시마 산 명주와 하치조지마 산 평직 견포도 구별 못하는 사람들의 손에 의해서 그냥 성가신 물건이 되어 사라져갈 것이다. 만약 내가 치매에 걸린다면 내가 죽기도 전에 내 기모노들은 버려질 것이다. 그 벚꽃 오비도, 소중한 바쇼 천의 오비도 그렇게 버려질 것이라고 생각하면 분해서 울컥해지는데, 그때는 그렇게 울 것 같은 기분으로 백 한 살인 사람의 기모노를 해체한다.

치매에 걸리기 전에 좋아하는 사람에게 줘버리고 싶다가도 아직 조금 이르다고 생각하는 사이에 노망이 날 것이다. 다른 옷은 아무리 비싼 거라도 버려도 좋다. 하지만 기모노는 안 된다고 생각하며, 만난 적 없는 백 한 살인 사람의 일생을 가엾어하면서 다림질을 한다.

비단옷은 사키오리*를 하는 친구를 위해서 골판지 상자에 넣는다. 상자가 두 개가 됐다. 기모노 천으로 옷을 만드는 사람에게도 재미있을 것 같은 것을 골라놓았다. 수많은 울 기모노가 남았다. 울은 싸고 견고하고 따뜻한 것이라 평상복으로 입었겠지. 자주 기모노를 입는 노가쿠** 선생님한테 물어보니, "울은 필요 없어요. 요즈음 기모노를 집에서 평상복으로 입는 일은 없으니까"라고 했다. 그래도 나는 해체해서 놔뒀다.

내가 만든 멜빵바지를 보고 친구가 자기도 하나 갖고 싶다고 해서 울 기모노 천으로 만들어줬다. 그러고 났더니 다른 친구들도 갖고 싶다고 해서 차례차례 만들다보니 열다섯 벌이나 만들었다. 멜빵바지는 입기 편하고 입으면 편안한데, 그것을 입으면 다들 펭귄 같아 보였다. 나는 조금 마음이 놓였다. 해체한 기모노가 적어도 아무 짝에도 쓸데없는 것이 되지는 않았으니까. 그러나 친구 세 명이 펭귄 바지를 입고 집에 나타났을 때는 나까지 넷이서 크게 웃었다. 모두 다 영락없이 할망구로 보였던 것이다.

---

* 가로실 대신 가늘게 찢은 천을 사용하여 짠 직물.
** 能楽. 일본 고유의 가면 가극.

마코토 씨는 펭귄 바지를 입은 나를 보고, "뭐야, 어지간히 싸게 먹힌 차림새를 하고 있네" 했다.

내가 한창 열중해서 바지를 제작하는 중에, 백 한 살인 사람의 아들이 갑자기 일흔두 살에 죽었다. 백한 살인 사람은 벌써 꽤 오래전부터 아들도 며느리도 알아보지 못하는 상태였다. 그리고 아무도 백한 살인 사람에게 아들이 죽었다는 사실을 알리지 않았다. 알려서 뭐하겠는가.

철물점 '우치보리'의 아들은 눈빛이 온화하고 마음이 따뜻해 보이는 사람으로, 가게에서 목각 작품을 만들었다. 꽤 큰 불상을 조각했다. 그 사람을 처음 봤을 때 마네키네코* 같은 얼굴이로구나, 하고 생각했는데, 뜻밖에도 나무로 아주 작게 조각한 마네키네코를 내게 줬다.

"댁의 어머니는 백 한 살까지 사실 거예요." "그러면 좋겠지만" 하고 아들은 마네키네코의 눈으로 대답했다.

올해 단풍은 특히 멋졌다. 차로 달리다가 저절로 와아, 라

* 앉아서 한쪽 앞발을 들어 사람을 부르는 모습을 하는 고양이 인형. 고객·재물을 부른다고 하여 행운을 부르는 물건으로 상가 등에 장식한다.

고도 꺄아, 라고도 할 수 없는 별난 목소리가 나오더니 숨이 막힐 것 같아서 나도 모르게 브레이크에 발이 가곤 했다.

비가 살짝 내린 오후, 아라이 씨 부인을 불러냈다. 비라도 오지 않으면 아라이 씨 부인에게는 틈이 없다. 아라이 씨 부인은 "난 가을이 좋아요" 했었다. 우리는 "저거 좀 봐"라든가 "어라아"라든가 "봐봐, 봐봐" 하면서 단풍의 터널을 달렸다. "오래 살고 싶어요?" 하고 묻자, "내년에도 보고 싶어요"라고 아라이 씨 부인은 말했다.

펭귄 바지여 너도 어딘가의 단풍을 보고 숨을 삼킨 적이 있 겠지. 봐, 봐, 이 세상의 아름다움을 봐. 나는 펭귄 바지에 손 을 문지르면서 생각했다.

헛간, 헛간

도쿄 진다이지深大寺 옆에 살던 때인데, 그 근처의 한 민가
에 거대한 백목련 나무가 있었다. 이른 봄이 되면 흐릿한 하
늘에 목련꽃이 새하얀 풍선처럼 떠 있었다. 당시 나는 돈도
없고 몸도 좋지 않았지만 그 거대한 흰 꽃의 무리를 보고 있
자면, 아, 아, 아, 하거나 우- 하고 감동하지 않고는 넘어갈 수
없었다. 뱃속 저 밑바닥에서부터 기쁨이 솟아 올라오는데, 그
럴 때면 나는 기뻐하는 나 자신이 반갑기도 하고 왠지 약이
오르기도 했다.

꽃이 지기 시작하면 나는 벌써 다음 해의 목련꽃을 기다렸
다. 그러던 어느 해, 기다리던 그 목련꽃이 보이지 않았다. 나

무를 베어버렸던 거다. 왜? 왜? 두리번두리번 하는 나의 시선은 흐릿한 봄 하늘을 공허하게 배회했다. 그 후 몇 년 동안 그곳을 지나갈 때마다 내 눈은 여전히 두리번거렸고, 큰 기쁨이 베어져 쓰러졌다는 사실을 다시금 확인했고, 그리고 그때마다 허기를 느꼈다.

이곳은 봄이 단숨에 다가온다. 산이 마치 터져 나오는 웃음을 억지로 참듯이 조금씩 부풀어 오르는가 싶다가, 갈색 돌던 산이 돌연 연분홍색을 띤 회색이 되고, 그러다가는 어느 날 갑자기 하얀색과 분홍색이 흩뿌린 점처럼 산 전체를 덮어버린다. 목련과 벚꽃이 한꺼번에 피는 거다. 빌어먹게 재미없는 나날을 보내고 있는 나는 그때마다 매우 경박하게 뱃속에서부터 미쳐 날뛰듯이 기뻐한다. 그러다가 드디어 산이 양상추 같은 신록으로 물들면 나는 또 내년, 목련이 피는 산을 기다린다.

내가 죽어 없어져도 연무가 낀 듯 자욱한 봄의 산은 아무 일 없다는 듯이 뭉게뭉게 웃으며 목련과 벚꽃을 계속 피워낼 것이라고 생각하니 분하다.

히로나가 씨와 논코 부부가 이 마을에 집을 짓고 싶다며 찾아왔다. 내가 마음속으로 얼마나 기뻤는지는 나밖에 모를 것이다. 살 만한 땅을 찾기 시작했다. 그 어떤 것에도 철저한 히로나가 씨는 순식간에 이 주변의 지리를 나보다 훨씬 더 잘 알게 되었다. 슈퍼에 가는 지름길도 발견해줬다. 히로나가 씨는 아사마 산이 떠억하니 보이는, 시야가 탁 트인 널찍한 땅만을 찾았다.

도쿠가와 나리*의 후예라는 사람이 그런 경관을 가진 곳에 살고 있었다. 나는 나리 댁에 '이 땅은 어떻게 사게 된 건가'를 물으러 갔다가 부동산중개인을 알아가지고 왔다. 그 부동산중개인이 바로 마코토 씨였던 건데, 마코토 씨는 "요즘은 나, 땅 안 파는데. 그렇지, 아케미?" 하고 자기 부인을 돌아보았다.

"올해 한 건 했잖아요. 전기도 수도도 없는 데를 150만 엔에 변호사한테." "거기에 집을 짓고 있나요?" "그-런 데가 좋다고 하더라고요, 좀 별나요."

우리는 왠지 마코토 부부와 완전히 사이가 좋아졌다. 마코토 씨는 땅을 안내해주면서 "여기는 별로 좋은 땅이 아니네요. 좀 더 포근하고 따사로운 땅이 좋은데 말이야" 하고 말한

---

* 에도 막부의 창업자 도쿠가와 이에야스를 가리킴.

다. 커다란 바위가 땅의 반 정도를 차지한 곳에 우리를 데려가서는, "어떻게 하지 이 바위?" 하고 바위를 두드리면서 껄껄 웃는다.

그렇게 반년이 지나자 히로나가 씨의 아내 논코는 점차 안달이 나서 어디로 안내해도 "나, 여기로 할래!!"라고 외치기 시작했다. 경매에 걸린 무척 좋은 땅이 결정될 뻔했을 때는 집에서 축배를 들었는데, "축배 들면 재수가 없는데" 하고 마코토 씨는 말했고, 그의 말대로 되어 매입이 무산됐을 때는 정말로 의기소침해졌다.

히로나가 씨가 땅을 살 예산을 조금 올릴까 하고 물었더니, "아니, 그건 안 하는 게 좋아요" 하고, 마코토 씨는 이상하리만치 딱 잘라 말했다.

거의 1년이 지났다.

드디어 히로나가 씨의 집념이 하늘에 통했다. 1년 전, "여기는 할아버지가 돌아가시기 전에는 어려울 텐데. 이런 데가 좋은 거지요?" 하고 마코토 씨가 말하자, "네, 이런 곳이" 하고 대답하는 히로나가 씨의 눈동자가 위로 치켜 올라갔다. 그 치켜뜬 눈동자 위로 개구쟁이 아이가 장난감을 갖고 싶어 할 때의 집념이 어른거렸다. 아사마 산이 떠억하니 보이고 앞은 초원이었다. "그 할아버지 곧 돌아가실 것 같은가요?" 하고 내가 물어보니, 마코토 씨는 "어려워"라고 했다.

나는 "그럼, 이런 데 보여주지 마요" 하고 화를 냈다. 새해 연휴가 지났을 무렵, 마코토 씨의 아버지가 돌아가셨다.

그러고 나서 몇몇 땅을 더 보여줬고, 논코는 어디든 "와아 멋져라, 와아 멋져라" 하고 외쳤고, 히로나가 씨는 "우-음" 할 뿐이었지만, 어찌된 일인지 모르겠으나, 히로나가 씨가 바라고 또 바라던 이상理想의 그 땅이, 순식간에 히로나가 씨에게 넘어오는 것으로 결정됐다. 나는 할아버지가 돌아가셨는지 아닌지 물어보지 않기로 했다. 이번에는 축배를 들지 않았다.

히로나가 씨는 처음부터 어딘가의 오래된 민가를 옮겨 지을 작정이었다. 우리는 땅이 결정되기도 전에 산 넘고 들판을 가로질러 오래된 민가를 보러 갔다. 땅이 결정되기도 전에 설계할 건축가가 결정돼 있었다. 히로나가 부부와 건축가는 오래된 민가를 찾으러 도호쿠 방면까지 다녀왔다고 했다. 땅이 결정된 때와 오래된 민가를 찾은 것 중 어느 쪽이 먼저였는지 잊어버렸지만, 민가의 사진을 보여주는데, 말도 안 되게 큰 초가지붕의 농가였고 헛간까지 딸려 있었다.

나는 잘 모르지만, 오래된 민가를 해체하는 것도 이송하는 것도 다 큰일인 듯했다. 해체한 기둥과 들보에 번호를 붙이고 해체한 것을 훈증熏蒸도 해야 하는 모양인데, 어쨌든 정신이 아득해질 정도의 작업이 필요한 모양이었다. 히로나가 씨의 집념인지 운인지 모르겠지만, 자원봉사자 학생을 스무 명 이상 모아서 해체 작업을 끝냈고, 오래된 민가를 이전하는 일을 맡아 줄 젊은 건축업자 사장도 구한 모양이었다.

봄이 됐다. 올해도 산에 목련과 벚꽃이 피었다. 히로나가 부부가 왔을 때, 마코토 씨가 "저기요, 굉장히 큰 목련이 있는데 한번 보러 갈래요?" 해서, "가요, 가요" 하고 쫓아갔다. 멀리서 보니 한 농가의 뜰 앞에 옛날 진다이지 근처에 있던 그 목련만큼 큰 거목이 서 있고, 나무에는 가루를 뿌린 것 같은, 둥글게 보이는, 그때의 그 풍선 같던 목련이 한창 피어 있었다. 우리는 너나 할 것 없이 황홀했다. 꿈인가 싶었다.

"이거 베어버릴 거라고 해서 내가 가지고 가겠다고 뿌리 주변을 파놓기는 했는데, 나르는 데에만 100만 엔 이상이 든다고 해서 포기했어요. 그래도 이거 베어버리는 건 아까워요." "왜 베는데요?" "집을 고치는 데 방해가 된다나 봐요. 히로나가 씨 필요 없어요?" "으-음, 100만 엔이라, 어렵겠는데요." 나는 물었다. "나무 값은?" "공짜." "나무는 공짜?" "그래요, 그래도 이렇게 큰 나무는 옮겨 심은 다음에 뿌리를 내릴지 어떨지 알 수 없어요. 뭐, 도박이지요.”

그러자 나무를 올려다보던 논코가 “이거 내가 살래. 내 돈으로 살 거야” 하고 외쳤다. 히로나가 씨가 눈을 동그랗게 뜨고 “논코, 산다고?” 하자, “나 몰래 모아놓은 돈 있어. 있다고요. 마코토 씨 내가 살게요” 하고 단호하게 말했다. “논코, 하지만 도박이야. 살지 죽을지 모른다고.” 나도 놀라서 상식인이 되어 말했다. “괜찮아, 그래도 괜찮아. 아아, 신나.”

그날 밤, 건축가 이고 씨도 함께 밥을 먹었다. 논코와 나는 흥분해서 “반드시 뿌리내릴 거야.” “그으래, 뿌리내리고말고” 하면서 떠들었다. “여자는 굉장해.” “야아, 배짱이 달라요” 하고 남자들은 말했는데, 나는 남자들이 마음 밑바닥에서부터 여자인 논코를 존경하고 논코에게 굴복했다는 것을 알 수 있었다. 인류는 늘 그래 왔다.

“그거 한 그루만으로 집이 완전히 달라 보일 거예요. 심을 장소가 문제긴 한데.”

6월 말에 옮겨 심는 것으로 결정됐다.

그날 아침 옮겨 심는 것을 보러 갔더니, 9톤 트럭에 거대한 나무가 비스듬히 누워 있었다. 뿌리를 짚으로 둥글게 정성껏 싸고 줄기도 짚으로 단단히 동여맨 상태였는데 뿌리 부분의 직경이 사람 키의 배 정도나 됐다.

그 거목이 크레인으로 들어 올려져서 움직일 때 나는 딱 그랜드 캐니언을 처음 봤을 때처럼 가슴이 벅차왔다. 뭐가 뭔지 왜 그런지도 모르게 읍, 읍, 읍, 하고 흐느껴 울 것 같이 되어 눈에 어른어른 물기가 고였다.

"봐, 저 사람이 가부키야" 하고 마코토 씨가 정원사의 우두머리를 가리켰다. 조금 전에, "가부키 배우같이 멋진 남자야" 했지만, 나는 그 말이 귀에 들어오지 않았다. 가부키는 가는 몸의 중년 남자로 콧수염을 기르고 수하들에게 이러저러한 지시를 하고 있었는데, 나는 "흐-응" 했을 뿐, 내 마음은 온통 나무에만 가 있었다.

지면에 비스듬히 누워 있던 거목이 다시 크레인으로 들어 올려져서 거대한 구멍에 세워졌고, 나는 다시금 그랜드 캐니언 상태가 되었다. 그때 가부키가 스스륵 거목 위로 올라갔다. 그제야 나는 응? 하고 그 남자, 가부키에게 시선을 주었다. 논코가 "잠깐. 지카타비* 멋있지 않아?" 하고 작은 소리로 나에게 말했다.

가부키는 머리에 수건을 두르고 있었다. 논코는 이번에는 "저 수건은 좀 특이하네" 한다. 가부키는 마치 체중이 없는 것처럼, 여기저기 가볍게 뛰어 옮겨 다니며 수하에게 지시하거나 여분의 가지를 자르거나 하는데, 쓸데없는 움직임이 전혀 없었다.

가랑이를 넓게 벌려 한쪽 발을 위쪽 가지에 걸치거나, 휙하고 다음 가지로 뛰어 옮아가거나 할 때, "저거 봐, 지카타비보다 더 멋진 신발은 없어" 하고 나는 논코에게 말했다. 차 마실 시간이 됐을 때, 내가 가부키에게 다가가서 "그 수건 뭐예요?" 하고 물었더니 "아, 이거, 집사람이 만든 거예요. 이 부분이 구르메가스리**고 이쪽은 뭐라고 했더라" 하고 패치워크로 되어 있는 수건을 보여줬다.

오후에도 우리는 땅 위에 쭈그리고 앉아서 작업을 지켜봤다. "저 사람, 아내가 있어. 수건은 아내가 만들었다고 하네. 항상 전체를 블루 톤으로 만든대" 하고 내가 말하자, 논코는 "뭐야, 아내가 있었어? 여보, 오페라글라스 좀"이라고 명령을

---

* 일본식 버선 모양의 작업화.
** 구르메 지방에서 나는 비백무늬 천.

하더니, 가부키를 더 자세히 살폈다.

나무의 높이는 22미터였다. 나무를 다 심은 다음, 가부키가 나무 주위에도 원형으로 짚을 늘어놓았다. 미스터리 서클 같은, 방사상의 아름다운 모양이 됐다. 가부키는 어디서 가져왔는지 노시가미*가 붙은 한 되들이 술병을 들고 와서 짚 위에 골고루 흩뿌렸다. "호오-" 하고 나는 감탄했다. 그리고 다 같이 나무를 향해 손뼉을 치며 절을 했다. 그때, 나는 이 나무는 반드시 뿌리를 내릴 거야, 제주祭酒까지 올린 걸 하느님이 봤을 거야 하고 생각했다.

우리는 흥분 상태로 집으로 돌아와서 식사를 했다. "있지, 있지, 빨리 봄이 되면 좋겠지? 아아, 우리 집 마당에 이-렇게 큰 목련이 필 거야." 논코는 웃음을 멈추지 못했다. 여자들이 "그 정원사 우두머리 멋있었지" 하며 신이 나자, 히로나가 씨가 "나도 지카타비 정도는 갖고 있어" 한다. 논코는 "그렇게 배가 나와서는" 하고 상대도 안 하려고 했다.

"봐, 수건도 갖고 있다니까." 히로나가 씨는 주머니에서 수건을 꺼냈다. 귀여운 토끼가 하나 가득 뛰어놀고 있는 회색

* 경조사 때 선물이나 봉투에 붙이는 리본 모양의 장식.

수건이었다.

비용은 60만 엔이었다. "너, 어떻게 남편 몰래 그 많은 돈을 모았니?" 하고 논코에게 묻자, "그이가 출장 가서 하룻밤 집을 비우면 1만 엔을 받았어. 나를 외롭게 한 데 대한 벌로." 여자는 위대하다. 정말로 위대하다.

그렇기는 해도 나는 얼마나 운이 좋은가. 진다이지 근처의 목련을 잃고 몇 년이고 몇 년이고 커다란 나무를 아쉬워했는데, 마치 그 나무의 환생인 듯한 목련이 논코네 것이 됐다. 새하얀 목련나무 건너에 아사마 산까지 있는 거다. 나는 운이 좋다.

"꽃이 피면 툇마루에서 차 마시자." "툇마루가 있구나." "길-고 넓-은 툇마루가 있어." 논코는 오래된 민가의 평면도를 보여줬다. "이 방은 뭐야?" "내 방." "이건?" "이것도 내 방." "그럼 이쪽은?" "이것도." "히로나가 씨 거는?" "헛간, 헛간."

여자는 위대하다. 목련 꽃에 휩싸여서 정말로 여자는 위대하다.

보통이 아니야

가까이에 '엉덩이구이온천'*이라는, 이름이 망측하게 구체적인 온천이 있다. 이름은 나도 들어서 알고 있었다. 한번 들으면 잊히지 않을 이름이다.

레이코 씨 집에 식사 초대를 받아 갔더니, 내가 모르는 사람들이 잔뜩 와 있었다. 그중 한 아저씨가, "난 친구들이랑 함께 '엉덩이구이온천'에 온천장을 만들었어" 한다. 무슨 소린

---

* 尻焼温泉. 일본 군마 현의 나가자사사와 강을 막아 만든 거대 노천탕. 강 바닥에서 솟아나는 온천수로 덥혀진 돌 위에 앉아 치질을 고치는 데에서 이름이 유래됐다.

가. '엉덩이구이온천'은 흐르는 강이 그대로 온천이라고 한다. 뜨거운 물이 흐르는 강이라니, 그런 강도 있나.

아무나 들어갈 수 있느냐고 물었더니, 아무나 들어갈 수 있다고 한다. 하지만 벌거벗고 강에 들어가는 것은 좀 그래서, 친구들과 함께 콘크리트로 네모나게 3평 정도의 공간을 만들어놓고 지붕과 울타리를 설치해서 자기들끼리만 들어간다고 한다. "사실은 위법이지만요" 한다.

낙농가 셋짱은 여자 혼자 손으로 수많은 소를 길러서 아이 셋을 키워낸 여자다. 맹렬하고 에너지가 넘치는 사람으로 나보다 훨씬 젊다. 아침 4시에 일어난다고 한다. 소 품평회에서 일본 최고의 소로 인정받았어, 셋짱의 소라고 하면 다들 인정하지, 하고 초등학교 때 셋짱과 같은 반이었던 마코토 씨가 말했다. 그 셋짱이 "나도 거기 자주 가요. 피곤하면 밤 10시쯤에 갈 때도 있어요. 그 시간에는 아무도 없어요. 거기 들어갔다 나오면 정말로 피로가 확 풀려요" 하고 말했다.

장소를 물어보니, 아저씨가 약도를 그려줬다. "찻길에 붙어서 짐승들이 다니는 길처럼 보이는 좁은 길이 옆으로 나 있어요. 출입금지 팻말이 걸려 있는 밧줄이 쳐져 있는데, 그 밧줄을 넘어서 가요. 쭉 가면 파란 울타리가 보일 테니까 금방 알 수 있어요. 구니무라六合村의 외길을 따라 차를 달리면 나오는 곳이니까 길을 잃을 염려는 없어요."

다음 날 해질녘, 나는 정처 없이 차를 몰고 달리다가 생각이 났다. 그래, 엉덩이구이온천에 가자. 여자인 셋짱이 밤 10시 지나서 간다고 하니 그리 멀지는 않을 거다.

나가노하라長野原에 도착했을 때는 사방이 거의 어두워져 있었다. 거기서 다시 구니무라 방향의 길로 접어들었을 때는 사방이 캄캄했고 집이라곤 한 채도 보이지 않았다. 그러고 보니 구니무라는 엄청 가늘고 긴 마을이었지, 하고 약도를 떠올려 보았다. 엉덩이구이온천은 그 약도 가장 위에 있었다. 나는 오르막길을 계속해서 달려갔다. 왼쪽은 굉장히 깊은 골짜기일 테지만 어두워서 그저 캄캄한 어둠의 덩어리 같았다. 집도 불빛도 전혀 없었다. 찻길도 어둠의 검은 덩어리 이기는 마찬가지. 나는 그 속으로 그저 길을 따라 앞으로 나아갔다.

자꾸만 불안해졌다. 20분을 달려도 마주 오는 차가 한 대도 없었다. 뒤에서 오는 차도 없었다. 게다가 캄캄한 밤이다. 무섭구나, 무섭구나, 이건 외로운 것과는 다른 거야. 무섭구나. 30분을 달려도 계속 어둠 속이다. 가슴이 두근두근 뛰기 시작했다. 돌아갈까도 생각했지만 여기까지 왔는데 억울해, 하는 마음이 들었다. 하지만 아- 무서워라.

20분을 더 달리자 무서움이 어둠 그 자체가 되어 나를 짓눌러왔다. 그 무서움은 곰이 튀어나오거나 권총을 든 강도가 튀어나오거나 하는 종류의 무서움이 아니었다. 왠지 소름이 돋기 시작했다. 만약에 곰이 나왔다면 "아아, 다행이다, 나 무서워" 하며 곰의 품에 안기고 싶은 마음이 들게 할 정도로 요사스러운 기운이 감도는 무서움이었다.

나의 아버지는 다섯 살에 죽어서 묻은 남동생을 1년이 지난 뒤 새벽 2시에 파내러 간 이상한 배짱이 있는 사람이었지만, 고등학교 때 이즈의 산속에서 하룻밤 노숙했을 때는 정말 무서웠다고 했다. 그때 아버지는 친구와 함께 있었는데 그래도 무서웠다고, 산의 무서움은 특별했다고, 말했던 것이 기억났다.

아버지가 말한 무서움이란 게 요기인지 영기인지 알 수 없는 바로 이거였구나, 하고 나는 차 안에서 생각했다. 어째서인지 알 수 없었다. 나는 돌아가는 것조차 무서워서 그저 앞으로만 나아갔다. 무서움은 일정 수준에서 고정되는 게 아니라 계속해서 더하고 더해졌다.

그런데 어느 순간부터 두근두근 속에 차츰 둥둥둥둥 하는 기분이 섞여 들어오기 시작했다. 엉뚱한 모험에 나 홀로 도전하는 영웅이 된 듯한 기분이 공포와 범벅이 되어 들어오는 것이다. 공포에 오금이 저리면서도 그 때문에 오히려 오오, 나는 살아 있다. 치열하게 살아 있구나, 하는 느낌이 들었다고나 할까.

그렇게 되자 뭐가 어찌 됐든 목적을 달성해야 한다는 사명감이 가슴속에서 솟아오르기 시작했다. 아아, 모험가들은 바로 이것 때문에 모험을 계속하는 거다. 내가 되돌아가지 않았듯이 그들도 오직 앞으로 돌진하는 것이다. 하지만 나는 더이상 못 견딜지도 모른다.

그런 생각을 하고 있는데, 불을 밝힌 가로등 하나가, 그리고 그 바로 앞에 놓여 있는 다리가 눈에 들어왔다. 거기였다. 나는 가로등 아래 차를 세웠다. 후-웃. 후우. 그러나 다리 아래의 물이 따뜻할지 아닐지는 알 수 없었다. 다리 옆에 로프가 쳐져 있고 출입금지라고 쓴 팻말이 걸려 있었다. 그걸 넘어서 정말로 길이라고는 할 수 없는, 단지 풀을 짓밟아놓은 것 같은 길을 손으로 더듬으며 나아갔다. 강은 훨씬 아래쪽에서 흐르고 있었고 오두막은 캄캄해서 보이지 않았다. 나는 뒤로 돌아 두 손을 땅에 짚었다. 그리고 거의 수직인 강둑을 미

끄러져서 내려갔다. 무릎을 세게 부딪쳐가면서 네발걸음으로
기어 내려가 물에 닿았다. 뜨뜻미지근했다. 여기다. 그러나 더
뜨거운 곳이 있을 것이다.

커다란 돌이 데굴데굴 널려 있었다. 나는 검은 신발을 커
다란 돌 위에 올려놓고 그 옆에 있는 돌에 청바지를 벗어서
올려놨다. 그리고 커다란 돌을 만지면서 조금씩 걸어가니 갑
자기 텀벙 깊은 곳에 빠져 가슴까지 물에 잠겼다. 나는 다시
팬티를 벗고 흰 티셔츠를 돌 위에 올려놨다. 벌거숭이가 됐지
만 아무도 오지 않을 거니까 상관없다. 게다가 주위는 내 손
도 안 보일 만큼 어둡다. 엉거주춤한 자세로 여기저기 물에
손을 대보면서 딱 좋은 온도인 곳을 내가 생각해도 집요하게
찾았다.

그러자 있더라고요. 헉, 하고 뜨거울 정도의 물이. 머리를
기댈 돌도 있고 몸 전체가 쏙 들어가는 곳이. 나는 거기에 몸
을 길게 뻗고 하늘을 올려다봤다. 별이 있네. 사람의 눈도 고
양이 같이 차차 어둠 속을 볼 수 있게 되는 건지, 내 몸이 희
미하게 보이기 시작했다. 어라아, 다리가 길고 하얀 것이 마
치 인어 같네. 예순 넘어서 내 몸이 인어로 보이다니 멋져라.

멀리 불빛이 보였다. 저게 여관이구나. 이제 전혀 무섭지

않았다. 하지만 언제까지 이러고 있을 수는 없으니, 자 그만 돌아갈까. 그런데 어디에 벗어뒀는지 옷이 보이지 않았다. 가만히 응시하니까 멀리 희미하게 내가 벗어놓은 하얀색 티셔츠가 보였다. 다시 네발걸음을 하여 티셔츠에 다다라서 팬티를 입었다. 그러나 청바지는 검정에 가까운 색이라 아무리 눈에 힘을 주어도 보이지 않는다. 바지를 못 찾으면 어떻게 하나, 조바심이 났다. 울고 싶어졌다. 손으로 더듬더듬 돌을 두드려가며 걸어갔다. 그러다가 드디어 청바지를 두드렸을 때, 나는 휴, 했다.

이제 강둑을 오를 차례인데 이번에는 아무리 해도 내가 어디로 내려왔는지 알 수가 없었다. 강둑은 우뚝 솟아 있고 길 같은 건 어림짐작으로도 찾아볼 수 없었다. 어쩌면 길이 없어졌는지도 모른다. 사실 아까 그건 길이라고 할 만한 게 아니었다.

하지만 이제는 아무래도 좋았다. 가느다란 나무를 붙잡았다. 그러자 나무가 뿌리째 뽑혀서 쾅 하고 엉덩방아를 찧었다. 다른 풀을 뭉텅이로 붙잡았다. 조금 위로 올라갔다. 커다란 돌이 있어서 거기에 손을 얹었다. 돌은 데굴데굴 나와 함께 굴렀다. 나는 다시 돌 위에, 이번에는 개구리처럼 뻗었다.

내가 어떻게 기어올랐는지, 지금도 잘 모르겠다. 무아몽중無我夢中이란 이런 거야, 하고 생각했던 것밖에 기억이 안 난다. 그러나 기어오르고 올라도 길 같은 건 없었다. 몰라. 나, 이러다가 곰이 될 거야. 여우가 될 거야. 멧돼지가 될 거야. 가지가 튕기고 담쟁이덩굴 같은 것에 걸리고 굵은 나무둥치에 부딪히기도 하면서 왔던 방향을 어림짐작하여 엉금엉금 필사적으로 나아갔다.

차를 세워둔 가로등이 보였을 때는, 아아, 살았다 싶었다. 에베레스트에 오른 동산가가 하산하다가 베이스캠프에 도달했을 때에 이런 기분이겠지. 응. 귀갓길은 전혀 무섭지 않았다. 마치 내가 어엿한 모험가가 된 것 같았다. 스케일은 달라도 왠지 전인미답의 쾌거를 이룬 기분이었다. 아, 어서 빨리 이것을 누군가에게 얘기해 주자. 내가 인어가 된 것에 대해서, 별이 반짝이던 하늘에 대해서.

마침 친구가 근처 별장에 와 있었기 때문에 나는 그곳으로 갔다. 그리고 현관에서부터 "나, 엉덩이구이온천에 갔다 왔어" 하고 외치며 들어갔다.

"너 뭐니? 진흙투성이로. 게다가 팔에서 피가 나잖아." 양팔에 긁힌 상처가 많았지만 아픈 줄도 몰랐는데, 상처를 보니까 갑자기 아파왔다. 하지만 나는 개의치 않고 뽐내듯이 나의 자랑스러운 모험담을 세세한 부분까지 신이 나서 떠벌렸다.

그런데 친구는 너 보통이 아니구나, 라고 한마디 내뱉었을 뿐 조금도 감탄해 주지 않았다. 그 반응은 내가 전에 태평양을 혼자서 건넌 호리에 청년이나 우에무라 나오키*에 대해서, 뭐야 당신들, 돈 걸고 목숨 걸고, 왜 아무 짝에도 쓸모없는 일을 하냐고? 라고 생각했던 것과 같은, 그런 반응이었다.

그렇구나. 자기 혼자서만 기쁜 거였구나. 아무도 본 적 없는 웅대한 아름다움을 보고 자기 혼자서만 죽을 만큼 기쁜 거였구나. 모험가라는 것은. 그런 거 할 거면 천애 고독한 작자들만 하라고. 아내랑 자식이랑 부모랑 형제가 있는 작자는 그만둬. 남자답게 고독하게 대자연과 싸운다? 그거, 생명이 걸려 있으니까 재미있겠지만, 재미있는 것은 자신뿐이잖아. 그리고 그건 죽을지도 모른다는 걸 알고 하는 거니까, 행방불명이 되어도 거금을 들여서 수색 같은 거 할 것도 없어.

언젠가 에베레스트를 올려다보고 그 성스러움에 압도되

---

* 植村直己(1941~82). 국민영예상을 받은 일본의 세계적인 모험가. 알래스카의 매킨리 산에서 실종되었다.

어 과연 자연은 신들과 함께 있구나, 하고 생각한 적이 있다. 이 신성한 것 앞에서 사람은 그저 엎드릴 뿐이다. 신은 인간의 작은 마음에 기쁨과 경건한 마음이 일어나게 하는 기적을 일으켜 인간이 자연을 범해서는 안 된다는 것을 가르친다. 이곳에서 살아가는 사람들에게, 저 산들은 언제나 신 그 자체일 것이다.

그런데 저 신성한 것에 오르려 하는, 두려움을 모르는 바보가 있다. 신성한 것을 흙 묻은 발로 더럽히는, 인간으로서의 감수성을 잃은 바보들이 있다. 나는 에베레스트를 올려다보다가 속이 메슥메슥함을 느꼈다. 에베레스트가 더러운 인간에게 강간당하고 있다는 생각이 들었다. '왜 산에 오르는가?'라는 질문에 '거기 산이 있으니까'라고 답한 걸 듣고 사람들은 멋져, 하고 생각하겠지. 그러면 '왜 강간했나?' '거기 여자가 있으니까'가 멋진 말로 들려?

이튿날 속옷을 벗었더니 온몸이 노랑 빨강 보라색으로 멍투성이가 되어 있었다. 거울 속의 내가 이상한 표범 같았다. 그 멍을 보니 갑자기 뼈와 살이 아파왔다.

친구들이 우르르 몰려 왔다. "가보자고, 엉덩이구이온천."

대낮이다. 운전하면서, "어머, 너, 이 길을 간 거야? 말도 안 돼"라든가 "아직 멀었니? 응?" "믿을 수 없어. 너 정말 보통이 아니구나" 하면서, 친구들은 저마다 시끄럽게 떠들었다.

그리고 드디어 그 다리가 나타났다. 다리 위에 서서 나는 깜짝 놀랐다. 강가에 구르는 무수한 돌들은 칙칙한 밤색이었고 그 돌들이 널브러져 참으로 지저분한 경관을 만들어 내고 있지 않은가. 철분이 많은 온천이어서일까. 어젯밤, 검정이나 회색 돌일 거라고 생각해서, "내 몸이 인어 같아" 했던 나는 뭐냐. 모험이란 신성한 것에 도전하는 건데, 이게 뭐냐.

"너, 여기 들어갔다고? 믿을 수 없어."

친구들은 혀를 차면서도 짐승 길을 따라 앞으로 나아갔다. 내가 미끄러지고 넘어졌던 곳 겨우 2미터 정도 앞에, 그 아저씨가 말한 파란 울타리를 친 불법 온천장이 있었다.

"너 정말 간이 보통 큰 게 아니구나." 친구가 또 말했다. 친구들은 술을 마실 때마다 말한다. "엉덩이구이온천 말이야. 네 인생하고 어쩜 그리 똑같니. 앞뒤 안 보고 돌진해서 상처투성이가 되어 돌아오고 말이지." 예순 넘어서 그런 말을 듣다니 칭찬으로는 들리지 않는다. 그러나 그 요기와 영기에 짓눌리면서도 두근두근과 둥둥둥둥이 공존했던 뿌듯함. 안 하는 것보다 해본 편이 좋았다, 고 나는 생각한다.

우에무라 나오키의 여든세 살 먹은 아버지는, "아들이 나라와 이웃에 아무 도움이 되지 않는 일을 하고, 그것 때문에 이렇게 걱정을 끼쳐서 죄송하다"고 말했다고 한다.

어쩌면 좋아

건망증이 점점 심해지는 것 같다. 건망증으로 문제가 생길 때마다 올 것이 왔구나 하고 오싹한다.

"수요일이라고 하지 않았어요?" "난 23일이라고 했다니까." 수요일은 23일이 아니다. 둘 다 석연치 않다.

"오늘 ○○씨 집 크리스마스 파티 가는 거 잊지 않았지?"라고 아침 일찍 사토 군에게서 전화가 왔다. "으, 응, 알고 있어." 실은 완전히 잊어버리고 있었다.

어젯밤 아케미 씨와 오늘 아울렛에 가자고 약속을 해버렸는데, 어쩌나. 어젯밤부터 큰 눈이 왔다. 창밖의 하얀 세계에 아직도 소리 없이 눈이 내리퍼붓고 있다. 거짓말을 하는 수밖에. 지금부터 거짓말을 해야 하는 거야, 하며 내리는 눈을 보고 있자니 또 전화가 울렸다. "저기, 오늘, 몇 시쯤에 갈 수 있어요?" 아케미 씨다.

"눈이 굉장히 많이 내리네요." "날씨가 이러니 사람도 안 많고 좋을 거예요." 아케미 씨는 들떠 있다. 미안. 미안. 미안해. "글쎄, 길이 괜찮을까요?" "괜찮아요, 괜찮아. 왜, 요코 씨 무서워요?"

"쫌." 실은 전혀 무섭지 않다. "난 이런 날 나갈 자신이 없으니까, 좀 더 날씨 좋은 날로 하지 않을래요?" "그만두자고요?" 아케미 씨가 실망한 목소리로 말했다. 바쁜 외중에 어렵게 시간을 냈다는 것을 나는 잘 알고 있었다. "으-응." "그럼, 다음에 가죠 뭐." "그-럴까요?"

거짓말쟁이. 거짓말쟁이. 나는 거짓말쟁이.

그리고 맹렬한 속도로 유부초밥을 만들어서 찬합에 담았다. 사토 군과 마리코는 내가 만들 줄 아는 게 유부초밥밖에 없는 줄 알 거야. 나는 만약의 경우를 대비해서 늘 유부를 삶아서 냉동해둔다.

500엔 정도의 선물을 준비하란 말을 들었던 것이 생각났지만, 그것 역시 깨끗이 잊어버리고 있었기 때문에 물론 준비하지 않았다. 다행히 내 일러스트가 들어간 추리닝이 열 장 정도 쌓여 있었다. 세키 씨가 일러스트 원고료 대신 현물로 지급해준 거다. 곰이 도둑질을 하러 산속의 오두막집에 들어가는 장면을 그린 건데, 아무리 봐도 멋쟁이 어른은 입을 것 같지 않지만, 어쩌랴, 서둘러서 포장지에 싸서 리본을 묶었다. 리본만 엄청 훌륭하다.

그러고 나서 외출복을 입었다. 나는 동네에서 다닐 때는 늘 지저분한 한텐*을 입고 돌아다니기 때문에, 외출복을 입으면 내가 어딘가로 나들이 나간다는 걸 사람들이 바로 안다. 아케미 씨나 마코토 씨 같은 경우 늘 어딘가에서 마주치는데, 사토 군 집에 가려면 하필 아케미 씨의 사무소 앞을 지나가야 한다.

언젠가는 도쿄에 갔다 돌아왔더니 "요코 씨 도쿄에 갔었어요?" 하고 아케미 씨가 물었다. "엇, 어떻게 알았어요?" "우리 집 이나짱이 호시노 온천 앞에서 봤다고 하던걸." 마코토 씨네에는 일하는 젊은이들이 스무 명쯤은 될 텐데.

나는 가슴을 두근두근하면서 차가 전혀 다니지 않는 국도

---

* 일본옷의 짧은 윗도리.

를 따라 내려갔다. 아케미 씨와의 약속을 지키고 대신 사토 군에게 거짓말을 하는 것도 내가 취할 수 있는 방법 중 하나였지만, 전에 이미 비슷한 더블 부킹을 해서 마리코한테 '당일 취소 요코'라는 말을 듣고 있는 터라서 또다시 이미지를 구기고 싶지 않았다. 새하얀 산길을 내려가면서 내 머릿속도 이런 식으로 새하얗게 되어 계속 깜빡깜빡 하는 건가 하고 생각한다.

어젯밤에 텔레비전이 고장 났다. 아무리 리모컨을 눌러도 텔레비전이 켜지지 않았다. 리모컨의 건전지를 바꿔 넣은 지 얼마 안 됐으니까 텔레비전이 고장 난 게 틀림없다고 생각했다. 그러다가 손에 든 리모컨을 다시 보니까 리모컨이 아니라 전화기였다.

1년쯤 전이었을까. 냉장고를 열고 오싹했다. 처음 열었을 때는 분명 씻은 커피 잔이 세 개 나란히 놓여 있었다. 한참 후에 냉장고를 다시 여니 씻어 놓은 절구와 나무공이가 놓여 있었다.

후드 달린 오버코트가 없다. 그런 큰 걸 어디에다 두고 잊고 온 걸까. 도대체 마지막으로 입은 게 언제더라. 오버코트가 없어졌다고 하자 여동생은 "집 안을 찾아보면 반드시 있을 거야" 하는데, 나는 코트는 일 년 내내 밖에 걸어놓는다.

어수선한 플라스틱 상자를 휘저었더니 "어라-, 이런 게 있네. 이걸 언제 샀지?" 하는 것이 차례차례 나온다. 몽땅 도둑맞는다 해도 죽을 때까지 모를 것이다. 나는 물건을 사 놓고도 그것을 샀다는 사실을 종종 잊어버린다. 얼마 사지도 않는데 그렇다. 가위는 몇 개나 샀는지 모른다. 또 사놓은 물건들이 귀신처럼 휙 사라지기도 한다.

완전히 똑같은 돋보기를 사고 다시 사고 하다 보니 세 개나 샀다. 그런데 그게 지금 하나밖에 없다. 신기하게도 하루 중에 두 개가 없어졌다.

어디로 간 거지 하며 책상 안을 뒤적뒤적 찾아보니 안경 케이스가 네 개나 나왔는데 안은 비어 있다. 그런데 서랍 안쪽에서 콘택트렌즈가 한 쌍 나왔다. 예비용으로 사 둔 건가 보다 생각하다가, 엇 하고 세면대 앞으로 달려갔다. 아까 안경을 찾을 때 세면대에서도 예비 콘택트렌즈가 한 쌍 나왔기 때문이다. 핸드백 안에도 한 쌍이 있다. 그리고 한 쌍은 내 눈 안에 있다. 모두 네 쌍이나 된다.

나는 근시가 심해서 콘택트렌즈를 빼면 앞이 하나도 안 보인다. 옛날에 밀라노에서 친구가 데리러 와주기로 했는데, 밖에 나와 보니 이미 기숙사 앞에 하얀 작은 차가 서 있어서, "많이 기다렸지?" 하고 조수석에 올라타서, "자, 가자" 하고 말했다. 그런데 운전석에서 이탈리아인 아저씨가, "좋지, 좋아" 라고 하는 바람에 놀라서 밖으로 튀어나왔다. 그 이탈리아인 아저씨는 더욱 큰소리로 "♬5분만 더 같이 있어요♬"라고 노래하기 시작했다.

사실 그때 그 차는 내 눈에 희뿌연 덩어리로밖에 보이지 않았었다. 그 전날 눈에 끼고 다니던 콘택트렌즈를 물과 함께 삼켜버렸던 데서 그런 사단이 벌어진 거다. 그런 일이 있고 나서 나는 콘택트렌즈 분실에 대해서 조금 지나치다고 할 만큼 걱정을 하게 되었지만, 그렇다고 해서 예비용으로 세 개나 사 놓고 사 놓았다는 사실도 잊고 있다니 이건 노망이다.

요즘 나는 집 안에서 내가 지금 뭘 하려고 했더라, 하고 멈춰서 있는 일이 적어도 하루에 열 번 이상 있다. 뭔가를 가지러 갈 생각에 일어서서 두세 걸음 걸어가다가 무엇을 가지러 가려 했는지 생각이 안 나는 거다. 나는 어머니의 치매가 시작됐을 무렵 어머니가 어리둥절해서 서 있는 모습을 보고, 뭐라 표현할 길 없는 기분을 느꼈던 기억이 있다.

내가 그때의 어머니와 다른 점이 있다고 하면, 그건 나는 목소리를 내서 "어라?" 하거나, "으-음, 뭐였더라?"라고 말하는 것 정도일지도 모른다. 새로 알게 된 이름은 모두 잊어버린다. 일과 관련한 팩스나 편지도 거의 잊어버린다.

상대방이 "지난번에 편지 드린 ○○인데요"라고 하면 누군지 전혀 모르겠다. 이제는 안 그런 척하려고 애쓸 기력도 없어져서, "누구였더라?"라고 그냥 물어버린다. 나는 이미 사회적으로 말살되고 있는 것이리라.

때때로 내가 사는 가자와의 산속 오두막을 찾아주는 사사키 미키로 씨에게, 고개를 숙이고 침울한 목소리로 치매가 시작되었다고 고했다. 그러자 나보다 훨씬 젊은 미키로 씨는 "그런 일 빈번해요. 나 같은 경우는 지난주에 젊은 애한테 이거 어떻게 하는 거지, 하고 물어서 답을 들었는데, 다시 똑같은 걸 놓고 '이거 어떻게 하는 거였더라?' 하고 물었더니, 어이없어 하더라고요"라고 말해줬다.

"미키로 씨는 참 친절하네요. 난 '내가 뭘 물어봤었지?' 수준인걸요"라고 말했더니, "그렇게 당당하게 나 노망들었어, 하면 세상 사람들은 과연 거물은 다르구나, 하고 말할 거예요" 하는 게 아닌가. 깜짝 놀라서 그런 발상도 있구나 하고 감탄했지만, 나는 아무리 생각해도 거물이 아니라서 더욱 침울해졌다.

"그러니까 뭐든 메모해 두어야 해요" 하고 가르쳐줬지만, 메모한 사실도 잊어버린다. 메모한 수첩이 없어져서 마룻바닥에 납작 엎드려서 책상 아래, 침대 밑을 찾았다. 그러다가 읽기 시작한 문고본이 먼지와 함께 뒹굴고 있는 걸 발견했다. 책을 읽기 시작했다는 사실도 잊어버린 것이다.

지난번에 사토 군 집에 가서 "홈 센터*에 갈 건데 뭐 살 거 없어?" 하고 묻자, "아, 나도 가야 해. 하지만 그게 뭔지 모르겠어. 가는 도중에 생각나려나" 하는 게 아닌가. 나는 내심 기뻤다. 홈 센터의 계산대에서 사토 군이 뭔가를 양손에 들고 있는 것을 보고 "잘됐네, 기억이 나서" 하자, "그런데 아무래도 이게 아닌 것 같아" 한다.

아라이 씨는 기억력이 매우 좋은 사람으로, 나는 '아라이 씨는 학자가 될 수 있겠어' 하고 때때로 생각했다. 그런 아라이 씨가 "나는 한 번 한 이야기를 같은 사람에게 또다시 이야기하는 일이 없도록 조심하고 있어요" 하고 말하는 것을 듣고, 아라이 씨도 그런 일이 있나, 싶었다. 그런데 "나는 같은

---

* 가정 목공 용품·가정용 잡화 등을 취급하는 대규모 상점.

애기를 같은 사람에게 또 다시 이야기하는 일이 없도록 조심하고 있어요"라는 이야기를 적어도 세 번은 나한테 말하는 게 아닌가. 그리고 어렸을 때 10엔을 훔친 벌로 산속에 있는 나무에 묶였었다는 얘기를, 몇 번이나 들었다. 그때마다 아라이 씨조차 건망증이 다소 있다는 사실이 즐거웠다. 아아, 나는 왜 다른 사람의 건망증이 이렇게 기쁠까.

그 아라이 씨한테 옛날의 첫사랑 이름을 물어보면. 즉시 "스다 가네코, 구마가이 도미코"라고 매번 틀리지도 않고 대답한다. 초등학교 때의 일이라고 했다. 그때 담임 선생님의 이름이 '네기시 가쓰코'였다는 사실도 다 기억했다. 그러고 보니 내가 초등학교 1학년 때 선생님의 이름은 '우오즈미 시즈카'였고, 내가 조금 좋아했던 남자아이의 이름은 '하나하타'였지. 인간의 뇌는 바깥쪽부터 망가져간다는 것을 뼈저리게 깨닫는다.

"어젯밤에 뭘 먹었는지를 기억할 수 있으면 되는 거야"라고 말하는 사람이 있어서, 어젯밤에 뭘 먹었는지 떠올리려고 해봤는데 엄청 시간이 걸렸다.

다른 사람에게 받은 것도, 준 것도 바로 잊는다. 언젠가 마리코한테 어디선가 받은 장아찌를 반 나눠서 가져갔더니, "뭐야, 이거 내가 준 거잖아” 했다.

아흔네 살까지 실로 정정했던 핫토리 씨의 숙모가 한 번 보내온 귤을 또다시 보내왔다. 나는 “아- 그 숙모가 이러다니” 했다. 그런데 나는? 나는 스토브에서 구운 강낭콩을 타파에 담아 도쿄의 여러 친구들에게 보내주곤 한다. 어느 날, “있지- 요코 씨, 전에 보내준 강낭콩도 아직 다 못 먹었어” 하는 것이다. 예순네 살인 나의 뇌는 벌써 아흔네 살이 돼버린 것인가.

모두 나이에 걸맞게 깜박깜박 잊어버리지만, 나는 좀 심한 것 같다. 벌써 치매가 시작되어 진행 중인 건 아닐까, 하는 생각에 치매 관련 텔레비전 프로그램을 유심히 본다. 그 대부분이 치매 환자를 어떻게 간호할까, 새 치매 시설을 어떻게 경영할까와 같은, 정신이 멀쩡한 사람 입장에서 만든 것들이다. 하지만 나는 치매 시설에 있는 어머니와 마찬가지로 치매가 된 사람의 입장에서 그 프로들을 본다.

시설에서는 노래를 억지로 부르게 한다. 어머니는 옛날부터 노래를 좋아했지만, 노래하는 게 신이 났던 시기는 벌써 지났다. 난 싫여, “피었네 피었네 튤립꽃이” 억지로 손뼉을 치며 노래하는 거. 난 싫여, 간호하는 사람이 일부러 아기말로 “아유-, 잘 했쩌요” 하고 귀에 대고 소리치는 거, 난 싫여.

어떻게 해야 하나? 별 수 없지, 뭐. 나는 치매 노인 관련 책이라든가 알츠하이머 관련 책을 잔뜩 사가지고 와서 공포 반 호기심 반으로 덜덜 떨면서도 정말 열심히 읽는다. 실은 읽어봤자 별 수 없다. 그래서 난 그걸 차례차례 친구들에게 보낸다. 부모가 치매에 걸린 사람이 많다.

"요코 씨, 아하하, 같은 책을 또 보냈어요." 어쩌면 좋아? 별 수 없지, 뭐.

풍채가 좋았던 어머니는 지금은 오그라들어 뼈만 남았다. 몸이 줄어들어 뼈만 남았는데도 어쩐지 무겁다. 이것은 육체의 무게가 아니라 89년이라는 인생의 무게일지도 모르겠다.

어머니는 말했다.

"내가 태어난 건 말이지- 그래-, 내가 아주 작았을 때였어."

아들이 세 살 때, "있잖아, 내가 처음 나를 만난 건 언제야?" 하고 물었던 게 생각났다.

아무것도 몰랐다

"있잖아, 언니……" 여동생이 평소와 다르게 목소리를 깔고 말했다. 평소에는 청산유수로 떠들어대는 여동생이 그러고 나서는 잠시 침묵한다.

"왜 그래? 무슨 일 있었니?" "……" "무슨 일이냐니까?" "……저기 있잖아, 코짱이 죽었대." 나는 갑자기 말문이 막혔다. 머리가 두개골이 되면서 내용물이 전부 날아가 버린 것 같았다. "언니" "……" "언니" "……" "……괜찮아?" "……어디서? 언제? 왜……" "뇌경색으로 쓰러졌어. 샌프란시스코에서. 골프 치던 중이었대." "그게 언젠데?" "그걸 잘 모르겠어." 정신을 차리고 보니 나는 수화기를 든 채로 바닥에 철퍼덕 주저

앉아 있었다. 나는 수화기를 꼭 쥔 채 회색 전화기를 노려보고 있었다. 모든 것이 세상에서 사라져버린 것 같았다.

코짱은 아버지 친구의 아들이다. 우리가 베이징에 살고 있었을 때 코짱은 기저귀를 차고 우리 집 거실에서 배밀이를 했었다. 기저귀에서 응가가 새어나와 거실에 깔아 놨던 물색의, 우리가 페르시아 융단이라고 불렀던 깔개 위에 응가가 묻었다. 나는 선 채로 잠자코 그것을 보고 있었다.

그때의 일이 떠오르자, 그때의 냄새가 물색 융단 모양과 함께 확 되살아났다. 언제든 확 기억났다. 나는 그것을 60년 이상이나 확 확 꺼내기를 계속했다. 그리고 깜짝 놀랐다. 벌써 코짱도 예순둘이었다. 내가 예순넷이 되었다는 사실은 매일 곱씹었지만, 코짱이 예순둘의 나이가 되었다는 것은 조금도 생각하지 못했다.

다롄에 있던 코짱의 집에서 테이블에 산처럼 쌓여 있던 고기만두를, 자아 먹자, 하는 순간 정전이 됐다. 어둠 속으로 고기만두는 사라졌다. 내 기억은 거기까지. 아무리 해도 그 뒤에 고기만두를 먹은 기억이 없어서 어둠 속으로 사라진 고기만두가 기억날 때면 입 안 가득 침이 고인다. 중국의 고기만두는 정말로 맛있었다. 일본으로 돌아온 뒤 그 맛을 찾아서 고기만두를 꽤나 찾아 먹었지만, 배추가 많이 들어간, 즙이 많은 고기만두는 만나지 못했다. 좀 다르네 하고 생각하면서 고기만두를 먹을 때, 나는 어둠 속으로 사라진 코짱네 고기만두를 반드시 떠올린다. 고기만두를 떠올린다기보다 내 앞에 확 하고 캄캄한 어둠이 나타난다고 해야 하나.

일본으로 돌아온 후, 내가 야마나시 현의 시골에서 나와 시즈오카로 이사 갔더니 코짱네가 시즈오카에 살고 있었다. 지금 생각하면 정말로 우연이었지만, 초등학생인 나는 우연이라고는 생각하지 않았다. 기쁘다기보다는 왠지 당연한 일인 것처럼 생각했다. 코짱의 아버지가 "요코는 올 에이야" 하고 말하면, 코짱은 "쳇, 그런 시골이라면 당연하지" 했다. 정말로 그랬다. 동급생이 스무 명인 그 야마나시의 깡촌 이후, 나에게서 올 에이 성적표는 사라졌다.

코짱네가 언제 시즈오카에서 도쿄로 가버렸는지, 기억이 나지 않는다. 고등학생이 된 코짱이 지저분한 교복 차림으로 훌쩍 우리 집에 온 적이 있다. 훌쩍 꽤 여러 번 왔을지도 모르지만, 우리 집 고타쓰에서 카레 냄비를 무릎 사이에 끼우고 앉아 냄비 안에 수북이 담은 밥을 성대하게 비벼 먹던 모습만을 기억한다. 그 모습이 실로 호쾌해서 나는 감동했다. 어머니도 감동한 듯, "코짱, 우리 집 딸 아무나 하나 데려가주지 않을래?" 하고 여러 번 말했다. 그러나 코짱은 그 체격이나 행동거지나 뻗쳐 올라간 굵은 눈썹 등에서 어쩐지 거물의 분위기가 풍겼고, 별로 훌륭하지 않은 집 자매들에게는 어울리지 않는 아우라가 있었다.

그 무렵 코짱은 얼굴도 씻지 않고 이도 닦지 않았다. "귀찮거든." 나지막이 우물거리는 목소리로 코짱이 웃으면 더럽다기보다 이상한 스케일감이 느껴졌다. 열여덟에 도쿄로 올라온 나는 늘 코짱네 집에 갔다. 나이가 비슷했기 때문에 가면 코짱하고만 이야기했다. 무슨 얘기를 했었나. 여하튼 끝도 없이 재잘댔다.

그때 나는 탈탈 털어도 나올 것 하나 없을 정도로 가난해서 버스비 10엔이 없어서 쩔쩔매는 날이 있는 것도 이상하지 않았다. 남자친구와 같이 코짱 집 문 앞에서 코짱을 불러내서 고등학생인 코짱한테 돈을 빌려달라고 손을 내밀었던 적이 있었다. 그때 코짱은 지저분한 학생복 바지에서 100엔을 꺼내주면서 내가 걱정스러운지 몸을 비스듬히 해서 문 밖으로 상반신을 내밀고 언제까지나 우리를 바라보았다. 코짱네 집도 코짱을 시작으로 아이들이 네 명이나 있었으므로 그리 넉넉하지는 않았을 것이다.

때때로 코짱 집에 가서 자면, 이불을 방 하나 가득 펴고 코짱과 코짱의 남동생들과 같이 잤다. 60년 안보 투쟁* 때라서 내가 아마 데모를 하고 돌아오는 길이었을지도 모른다. "요코 누나는 왜 데모하러 가는데?" 나는 말문이 막혔다. 가는 게 당연한 분위기였고 안보 반대라고 온 일본이 외치고 있었다. 코짱이 다니는 고등학교는 더 격렬하고 과격했을 것이다.

"코짱은 안 가?" "난 그런 거 싫어하거든. 누나는 왜 가는데?" "글쎄 재미있잖아." "그렇겠지, 내 친구도 다들 그런 걸 거야. 난 그런 거 싫어해."

그때, 옆방에서 아줌마가, "이제 자라, 이쪽이 못 자잖니." 우리는 한동안 입을 다물고 있었다. 그러고 나서 또 두런두런 이야기가 이어졌다. 마지막엔 아저씨가 일갈했다. "자라!!"

그때 나는 안전보장조약의 조문조차 제대로 읽지 않았었다. 그걸 읽은 것은 쉰 넘어서였다. 영차, 영차, 손을 잡았던

---

* 1960년 일본의 자민당이 국회에 경찰을 배치한 상태에서 미일 상호 방위 조약 개정을 강행하자, 이에 항의하여 대규모 시위 운동이 일어났다.

친구들도 비슷했을 것이다.

코짱은 대학에 들어가서 연극을 시작했다. 나는 코짱에게서 연극 포스터를 그려달라는 부탁을 몇 번쯤 받았다. 그것이 아마도 내가 처음으로 맡은 공적인 일이었을 것이다. 사르트르의 〈더럽혀진 손〉, 다나카 치카오의 〈마리아의 목〉 같은. 코짱과 함께 실크스크린 공장에도 몇 번쯤 갔었을 것이다. 아줌마가 "코짱은 연극을 하면서 사람이 변해버렸어" 하고 내게 걱정스러운 목소리로 말했던 기억도 났다.

코짱은 내가 결혼한 뒤에도 종종 집에 놀러왔다. 어느 여름, 새카만 얼굴이었던 코짱이 얼굴이 무척 하얘지고 깔끔해져서 나타났다. "무슨 일이야, 코짱, 얼굴이 하얘." "나, 취직했어. 여름휴가 내내 오일 팩 했거든." 나는 배신당한 기분이 들었다. 무슨 큰 상사商社였다. 그때 코짱의 얼굴은 지금 생각하면, 디카프리오의 얼굴을 눌러 찌그러뜨려서 못생기게 만들어놓았다고 할 만한 것이었다.

때때로 서류가방을 늘어뜨린 코짱이 내 일터에 양복을 입고 훌쩍 나타났다. 코짱이 아마도 조금씩 양복에 익숙해졌던 것처럼, 나도 그의 모습에 조금씩 익숙해졌던 것 같다. 코짱은 내 책상에 턱을 올려놓고 몇 시간 동안이나 내가 일하는 모습을 신기하다는 듯이 지켜봤다. 코짱은 자꾸만 상사맨처럼 되어갔다. 이 인간이 냄비를 무릎에 끼고 카레를 먹던 그 코짱 맞나.

"요코 누나, 내가 돈을 얼마나 크게 굴리는지 알아? 억이야, 억." 나는 입을 떡 벌리고, 코짱을 쳐다봤다. "뭘 하는데?" "누나는 모를 거야." 그 무렵, 코짱은 이미 서른 가까이 됐는지도 모르겠다. "나는 상사맨은 모두 통조림을 팔러 다니는 건 줄 알았어."

코짱은 점차 어디로 봐도 상사맨으로밖에 안 보이게 되어갔다. "코짱, 결혼 안 해?" "서른 되면 할 거야. 어머니가 지금 선 볼 여자의 사진을 여섯 장 갖고 있어. 요코 누나한테 골라 달라고 할 거야." 나는 발끈했다. "코짱 너, 그렇게 대충 사는 남자였어? 맘에 안 드네." 그때 코짱은 내게 별나게 여유 있는 웃음을 보였다. 그리고 정말로 서른에 선을 봐서 결혼했다. 그리고 어느새 미국으로 전근을 갔다.

몇 년이 지나 뉴욕에 가게 되었을 때 코짱이랑 밥을 먹게 되었다. 코짱이 사진을 보여줬다. 사진 속에는 먼지 하나 떨어져 있지 않을 것 같은, 미국 영화에서나 나올 법한 교외의 집에, 무척 아름다운 부인과 아이가 있었다. 사진을 보여줄 때에도 별나게 여유 있는 웃음을 지었다. 그것이 나에게는 으스대는 것으로 보였다. 이런 집에서는 무릎 사이에 카레 냄비를 끼고 먹을 수 없을 것이다. 기저귀를 끌며 기어 다니던 시절부터 알고 있기에 친구로 지내지만, 지금 코짱을 처음 만난 거라면 친구는 되지 않았을지도 모른다. 사는 세계가 다르다.

그때 생각했다. 우리는 특별하구나. 아기 때부터 알고 지낸 덕에 이렇게 달라졌는데도 여전히 친구인 것을 당연하게 받아들일 수 있으니 고맙구나. 코짱이 지금 상사맨이 아니라 생선가게를 하고 있어도 마찬가지였을 거야. 분명 우리는.

그러고 나서 코짱은 샌프란시스코로 갔다. 때때로 뜻하지 않게 전화가 걸려왔다. 특별히 볼일이 있는 것도 아닌데. 나는 그럴 때마다 기뻤고, 묘하게 안심이 됐다. 그 목소리가 점점 아저씨를 닮아갔다. 마지막으로 만난 것이 그 아저씨의 장례식에서였다. "코짱, 얼굴까지 아저씨랑 같아졌네." 우리는 쉰을 넘기고 있었다. 젊을 때는 무사인형을 눌러놓은 얼굴이었는데, 그 얼굴이 안정되니 관록이 있어 보여 훌륭했다. 묘지의 좁은 길을 나란히 걸었다. 먼 길을 살아온 뒤 이런 할멈이 되다니, 이런 훌륭한 아저씨가 되다니.

걸으면서 코짱이 말했다. "요코 누나, 돈 있으면 미국 은행에 넣어두는 게 좋아. 절차는 전부 내가 해줄게.” “돈 같은 거 없어. 미국은 괜찮아?” “클린턴은 제법 잘해.”

2년쯤 전에, 또 갑자기 전화가 걸려왔다. “체리 보내줄게. 주소 가르쳐줘.” 마침 집에 와 있던 여동생과, “뭐야, 코짱. 캘리포니아의 검은 체리는 맛도 없는데 말이야” 하고 말했다. 얼마가 지나서, 멀리 바다를 건너 체리가 도착했다. 그것이 마지막으로 들은 코짱의 목소리였다.

코짱이 죽었다는 소식을 듣고 철퍼덕 앉아 있던 한순간에, 단숨에 머릿속에 이만큼의 일들이 전부 뛰어 돌아다녔다. 사람이 죽을 때, 평생 동안 있었던 일들이 머릿속을 달려 지나간다고 들은 적이 있는데, 코짱과 함께 했던 기억의 전부가 내 안에서 탁탁 슬라이드가 넘어가듯이 나타났다 사라졌다.

생각해 보니 나와 코짱은 60년 이상이나 만나 왔는데, 몇 장의 슬라이드 사진처럼 나타난 기억 이외에, 나는 코짱에 대해서는 아는 게 아무것도 없었다. 어떤 일을 했는지, 어떤 친구가 있었는지, 어떤 가정을 꾸렸고, 어떤 남편이었고, 어떤 아버지였는지, 아무것도 모르고 있었다. 코짱이 어떤 아들이었는지, 어떤 형이었는지, 무엇을 생각했는지도, 전혀 모른다. 어떤 취미가 있었고, 무엇을 좋아하고 무엇을 싫어했고, 검소

하게 살았는지, 허세 부리며 살아왔는지도 모른다.

아무것도 모르고 있었지만, 그러나 나는 그저 원통했다. 이렇게 갑자기 죽을 줄은 몰랐다. 아기 때부터의 친구는 코짱 하나뿐이었다. 아무 근거도 없이 내가 먼저 죽을 거라고 생각했었다. 아니 그런 생각도 하지 않았다. 코짱은 어딘가에 살아 있을 게 분명했다. "딱 한 번만 더 만나고 싶어." 나는 소리 내어 말하며 바닥을 두드렸다. 두드리면서, '혼자 사는 건, 이럴 때 편리하구나' 하고 생각했다. 그래, 울어도 괜찮다는 생각이 들자, 나는 크게 소리 내어 울었다.

사십구재 날 아침, 나는 5시 반에 집을 나섰다. 밖은 아직 어슴푸레했다. 눈이 쌓여 사방이 하얗게 밝았다. 산길을 내려가는 길 맞은편에 아사마 산이 보였다. 해가 떠오르려는 찰나였다. 고목들 사이로 새빨간 빛이 비춰 나왔다. 오렌지와 핑크, 연보라의 구름이 몇 겹으로 물들었고, 아사마 산 왼쪽은 투명한 핑크빛이 되어 있었다.

아아, 극락이구나. 저곳은 극락이구나. 코짱이 나에게 극락을 보여준 게 분명하다는 생각이 들었다.

코짱의 죽음이 나에게 가져온 쇼크, 그것은 지금까지 전혀 느낀 적 없던 외로움이었다. 아버지가 죽었을 때하고도, 오빠가 죽었을 때하고도 달랐다. 우리는 늙어가고 있으며 그래서 누구에게나 죽음이 가까이 다가온다. 앞으로 계속 산다는 것은, 내 주위의 사람들이 이런 식으로 계속 떨어져 나간다는 것이다. 늙는다는 것은 그런 외로움인 거다.

한 달 전에는 바닥을 두드리며 울었는데, 지금 나는 텔레비전의 바보프로그램을 보며 큰 소리로 웃고 있다. 살아 있다는 것은 잔혹하구나, 하고 생각하면서 계속 웃는다.

산의 백화점 호소카와

1951년쯤이던가, 기노시타 게이스케 감독의 〈카르멘 고향으로 돌아오다〉라는 영화가 나왔었다. 내 기억이 틀릴지도 모르지만, 아마도 일본 최초의 컬러영화였을 것이다. 영화 속 카르멘의 고향이 바로 내가 사는 이곳 기타가루이자와였다. 나는 최근에야 그 영화를 비디오로 보고 매우 놀랐다고 할까 감개무량이라고 할까, 과연 과연이랄까, 어쩔 수 없지 뭐랄까, 이것으로 된 거야랄까, 하여튼 마음이 뒤숭숭해졌다.

스트리퍼 카르멘이 도착한 역은 지금은 이미 사라지고 없는 구사카루 전철의 기타가루이자와 역이다. 지금은 역 건물만 남아 있다. 그 역 앞에서 카르멘은 합승마차를 탄다. 역 앞은 넓은 들판이고 저 멀리 아사마 산까지 보인다. 엇, 여기가 이렇게 한적한 곳이었나. 지금은 그 역 앞에 로터리가 있고 누군지 모르는 사람의 동상이 서 있고 신용조합도 있다.

역 앞을 지나가는 외길이 있다. 영화에는 나오지 않았지만 그 길을 따라가면 옛날부터 있어온 기타가루이자와의 상점가가 있었을 것이다. 두부가게도 있었고 생선가게도 있었다고 하는데, 지금은 국도변에 슈퍼가 생겨서 두부가게도 정육점도 없다.

그 역 건물 옆으로 세 번째쯤에 산의 백화점 호소카와가 있다. 국도변에는 지금도 전신주마다 '산의 백화점 호소카와'라는 작은 간판이 주르륵 걸려 있다. 옛날에 시골에 가면 볼 수 있었던 만물상이란 가게를 생각나게 하는 그런 곳이다.

약국도 딸려 있으니 드러그 스토어인 셈이다. 그런데 거기엔 여하튼 뭐든지 다 있다. 이 동네는 신문 배달이 안 되는데, 호소카와에는 매일 새 신문이 놓여 있다. 나는 담배는 여기서 산다. 프라이팬도 주전자도, 생선을 굽는 석쇠도 있다. 없을 거라고 생각하고 법랑냄비를 사러 갔더니 있었다. 토끼가 그려져 있었지만 훌륭한 물건이었다.

문구류도 다 있다. 관혼상제용 봉투도 있다. 맨 안쪽으로 가면 설국용 부츠가 나란히 놓여 있다. 안에 털이 나 있고 눈길에 미끄러지지 말라고 뒤꿈치에 스파이크가 붙어 있는, 도쿄에서는 구할 수 없는 부츠다. 스파이크는 똑딱똑딱 닫거나 열거나 할 수 있고 2,400엔이다. 그 앞에 속옷이 구색을 갖춰 진열되어 있는데 엉덩이와 무릎을 두껍게 해 놓은 부인용 속바지도 있다. 나는 그걸 두 벌 샀고 도쿄의 친구에게도 두 벌 사서 줬다.

주르르 진열돼 있는 스웨터 중에는 비즈나 스팽글이 달려 있는 것도 있다. 허리가 고무줄로 된 바지도 진열돼 있고 세제도 있고 탁상용 렌지와 가스용기도 있다. 젊은이들이 와서 바비큐를 해야겠는데 조개탄이 없어서 어쩌나 하고 달려갔더니 조개탄도 있었다.

여름이 되면 잠자리채가 나와 있고 겨울이 다가오면 플라스틱 썰매가 나와 있다. 쇼킹 핑크색 눈치우기용 삽도 있다. 립스틱도 있고 매니큐어도 있고 파운데이션도 있다.

여하튼 뭐든지 있다. 근처에 별장이 있는 친구가 "호소카와 부인은 시골에서는 보기 드문 고상한 미인이지"라고 하기에, 얼굴을 자세히 보니 정말로 고상한 미인이다. 자세히 안 봐도 정말로 우아하고 친절한 사람 같았다. 사람은 이상한 존재라서 친구에게서 그런 말을 들은 뒤부터는 담배를 사러 갈 때마다 "난 천박해. 거기다가 못 생겼어. 게다가 입는 것도 지저분해" 하고 왠지 나 자신을 비하하게 된다.

내가 얼마나 지저분한가 하면, 겨울에는 솜을 둔 한텐에 머플러에, 스파이크 딸린 부츠를 신고 쿵쾅거리며 돌아다닌다. 솜을 둔 한텐은 겉이 화학섬유로 되어 있었던 듯 소매가 난로에 닿았을 때 녹아내려서 안에 둔 솜이 드러나 보였다. 그런 구멍이 네 개쯤 나 있는 걸 그냥 입고 다녔더니, 언젠가 철물점 '우치보리'의 아줌마가 "어머, 부인, 우리 집에 한텐 많으니까 드릴게요" 했다.

어떻게 해야 하나, 하다가 소매를 잘라 민소매 한텐으로 만들었다. 호소카와 부인은 고상한 사람이라서 나에게 그런 얘기를 하지 않는다. 하지만 피부가 하얀 미인 얼굴에 늘 꼼꼼히 화장을 하고 겨울에도 꼭 치마를 입는 부인을 보면 나는 늘 주눅이 든다.

여름이 되면 종종 도쿄의 싱글벙글당이라는 중고품가게 주인이 집에 놀러 온다. 머리는 백발에 고흐 같은 얼굴을 한 사람이다. 싱글벙글당은 쓰게 요시하루가 그린 만화 〈무능한 사람〉의 모델이라고 한다. 거짓말인지 진짠지 모르겠지만 에리코 씨가 그렇게 말했다. 딱 봐도 정말로 장사에 열의가 없는 게 분명하다는 느낌이 온다. 싱글벙글당은 깨달음의 세계나 세속의 세계 그 어느 쪽에도 도움이 되지 않는 말만 한다. 하지만 도움이 되지 않은 이야기만큼 사람을 빨아들이는 게 있을까. 쓸데없는 것이야말로 인생의 묘미 아닌가.

"지금까지 중에 돈 최고로 많이 벌어준 건 뭐예요?" 하고 물어보니, 가만히 아래를 보며, "그게 말이지요, 굉장히 손해 본 일밖에 기억나질 않아요" 한다. "그러니까, 글쎄 굉장히 낡은 시계가 있었어요. 굉장히 더러운 시계였지요. 그래서 5천 엔에 샀어요. 그걸 가게에 내놨더니, 내놓은 날에 팔린 거예요. 얼마냐고 해서 3만 엔이라고 바가지를 씌웠어요. 그때 그야말로 가슴이 두근두근 뛰더라고요. 그런데 그 사람은 깎자는 말은 하지 않고 어서 빨리 달라고만 하는 거예요. 얼마 뒤에 아오야마에 갔어요. 그런데 그곳의 한 훌-륭한 골동품가게에 그게 300만 엔에 나와 있는 거예요. 우리 집에서 사간 사람이 그걸 거기다 팔았던 거지요, 제기랄. 그리고 또 얼마 후에는 그게 박물관에 전시됐어요. 글쎄 그게 히데요시 시대에 서양에서 들어온 물건이었다나."

거짓말일 테지만, 싱글벙글당이 하는 말은 정말이라고 생각하지 않으면 손해다. 요전번에 싱글벙글당한테 "액자도 사 가세요?" 하고 물으니, "그럼요" 해서, 나는 전람회에서 팔다가 남아 상자에 넣어둔 액자 수십 개를 창고에서 꺼내왔다. 액자에 끼워 둔 그림을 빼려 했더니 몇 장 째에선지 손톱이 부러졌다.

"미안하지만 액자를 팔 때 안의 그림은 빼줄래요? 그리고 그림은 버려줘요" 했더니, "네, 알겠습니다"라면서 싱글벙글당은 1만 엔 정도를 주고 액자를 가져갔다. 아- 자리 차지하던 게 없어져서 후련하다고 생각했다.

한참 지나서 싱글벙글당이 "이거 받아요" 하며 2만 엔쯤 되는 돈을 건넸다. "뭐예요?" 하고 묻자, "사노 씨 그림을 1장씩 가게에 걸어뒀더니, 그림이랑 액자가 함께 제법 팔렸어요." "엇, 그림 안 버렸어요?" "네." 싱글벙글당, 바보네. 말 안 했으면 몰랐을 텐데 하면서 2만 엔을 받았다.

그런데 얼마에 판 걸까. 전시회에서는 3만 엔에 팔았는데, 그보다 싸게 팔았다면 전시회에서 산 사람들한테 미안한데 하는 생각이 들었지만, 싱글벙글당의 싱글벙글 얼굴을 보니 그 모든 게 다 용서될 것 같다는 생각이 들었다. 싱글벙글당의 가게는 고쿠분데라에 있다는데, 가본 적은 없지만 실내에는 먼지가 잔뜩 쌓여 있고 조명은 어두울 것 같다. 가게에 전화해도 전화를 받는 적이 없다.

어느 날 싱글벙글당이 젊은 남자를 데리고 왔다. "아, 얘는 우리 아들이에요, 이름은 유우" 하며, 부끄러워하는 것도 같고 기뻐하는 것도 같은 얼굴로 말했다. 싱글벙글당은 고흐 얼굴에 좀 길쭉하다고 한다면, 아들은 둥근 바탕에 찹쌀떡같이 생긴 얼굴이다. 싱글벙글하는 것은 닮았다.

나와 싱글벙글당은 또 아무에게도 도움 안 되는 얘기를 앞다퉈 떠들어댔다. 싱글벙글당의 어머니는 거의 기인에 가까운 듯, 싱글벙글당은 곧잘 어머니 이야기를 했다.

"요전번에 조기 음악당에서 음악회가 있었잖아요. 우리 어머니가 거길 간다는 거예요. 그래서 모시고 갔더니 이미 꽉 차서 아이들만 앞쪽에 의자를 놔주고, 어른들은 뒤에 자리를 좁혀서 앉으라는 거예요. 그런데 어머니가 종종걸음으로 앞으로 가더니 아이들 사이에 달랑 앉아버렸어요. 아이쿠, 해봤자 이미 늦었고 여자 안내원이 옆에 가서, 저 여기는 어린이 자리입니다, 했어요. 그랬더니 어머니가 '나 어린이'라고 소리쳤지요. 아흔 먹은 여자가. 그러고는 계속 거기 버티고 앉아 있었어요." 찹쌀떡 아들은 한마디도 거들지 않고 그저 옆에서 싱글벙글 고개를 끄덕이고 있다가 때때로 이상하게 눈을 번쩍 빛내곤 했다.

"호소카와는 굉장해." 싱글벙글당이 말했다. "요전번에 미카가 여름방학 숙제에 자수 실이 필요하다는 거예요. 없을 거라고 생각은 하면서도 호소카와에 가봤어요. 그랬더니 있더라고. 이런 식으로 세로로 딱 한 줄 자수 실이 진열돼 있는 거야. 딱 한 줄."

미카라는 딸도 있었구나. 나도 질세라 분발했다. "난 거기서 본 적도 없는 만화 잡지를 발견했어요. 이-렇게 5센티 정도로 두꺼운, 〈며느리와 시어머니 스캔들〉이라고 월간지였어요. 그야말로 며느리랑 시어머니 얘기뿐이에요. 놀라서 샀어요." "그래 맞아. 미카가 매달 받아보는 만화잡지 〈소년 강강〉, 꽤 마이너한 만화 잡진데, 있을 리 없지 하고 가봤더니, 딱 한 권 있더라고요. 정말이지, 호소카와는 굉장해." 〈소년 강강〉이라. 그런 잡지가 있었나.

그 뒤로 긴긴 호소카와 놀이가 시작됐다. "거기에, 벌써 30년도 더 된, 도자기로 된 강판이 있는 거 알아요? 하나에 100엔이었어요." "아이쿠 졌네. 그럼, 끝이 가느-다란 핀셋이 있는 거 알아요? 도쿄 우리 동네에는 없는 건데.” “정말? 거짓말! 나 에칭할 때 벤진 쓰거든요. 어느 약국을 가도 세 병밖에 없는데 호소카와에는 다섯 병이나 있었어. 그래서 추가 주문했더니 다음 날 전화를 주는 거예요.” “굉장하네. 〈신조〉, 〈문예〉 같은 순문학잡지도 있어요.” “누가 읽는담. 그러고 보니, 시오노 나나미의 『로마인 이야기』도 있었어. 누가 읽는담.” “3천 엔짜리 융케르황제액*도 있는 걸-” “와, 3천 엔짜리 융케르 마셔요?” “안 마셔요. 가격만 봤지.”

“왠지 마법사 같지 않나요, 그 고운 부인? 이건 어때요. 내가 아크릴 털실 사러 갔더니, 죄송해요 다 떨어졌네요, 저어 어디 쓰실 건가요? 하기에, 수세미 뜰 거예요. 조금이면 돼요, 색깔 아무거나 상관없어요 했더니, 잠시만 기다려주세요 하고, 이거 조금 사용한 거예요 하면서 안에서 가지고 나와서 공짜로 줬어요.” “사노 씨, 그런 꼼수 없기예요.”

찹쌀떡 아들은 그저 싱글벙글 웃으며 아버지의 얼굴을 바라보고 있었다. 이 아들 굉장히 아버지를 좋아하는구나, 어쩐지 아름답지 않아? 하고 나는 생각했다. 아들은 거의 내내 싱글벙

---

* 영양드링크.

글하고만 있다가, 때때로 번쩍하고 눈을 빛내고 돌아갔다.

싱글벙글당은 같은 마을에 별장이 있기 때문에 여름에는 가끔 길에서 마주치거나 한다. 싱글벙글당이 반바지로 어슬렁어슬렁 걷고 있었다.

"있지요, 유우가 문학계 신인상을 받았어요."

"유우?" "거 왜 요전번에 내가 데려간 아들." "와아- 잘됐네요. 읽고 싶어요-" 그랬더니 바로 보내줬다. 나는 감격했다. 〈사이드카에 개〉라는 제목이었다.

곧 유우 군하고도 마주쳤다. 그 번쩍 빛나는 눈은 작가의 눈이었구나. 익숙해지니 유우 군은 역시나 싱글벙글당의 아들이었다. 『맹속력으로 어머니는』이라는 소설도 써서 책으로 낸다고 한다. "표지 그림 좀 그려주시겠어요?" 하는 게 아닌가. "정말? 내가 그려도 돼?" 나는 기쁘고 또 기뻐서 어쩔 줄 몰랐다. 책이 나오고, 다른 상도 아닌 아쿠타가와상을 받아버렸다. 아쿠타가와상치고는 이례적으로 잘 팔렸다고 한다.

작년 여름 싱글벙글당의 별장에 갔더니, 싱글벙글당과 유우 군이 마주 앉아 라면을 먹고 있었다.

"이 옆 땅 매물로 나왔대요." 싱글벙글당이 말한다. "유우 군, 사서 집 지어버려. 그래서 여기서 작업해. 겨울에도 계속."

나는 겨울이 되면 이 마을에서 외톨이가 되기 때문에 필사적으로 꾀어 보려고 했지만, 유우 군은 "그럼 좋겠네요" 하고 싱글벙글할 뿐이다. 분명 나 같은 별난 아줌마가 있어서 싫을지도 모른다.

나는 변함없이 일주일에 두 번 호소카와에서 담배를 사고, 그사이에 몇 번을 택배를 보내러 간다. 일주일 동안 아무도 안 만나는 일은 있어도 호소카와의 아리따운 부인을 안 만나는 일은 없다.

택배를 보내면서 뒤를 돌아다보면 책꽂이에 〈신조〉 등이 보인다. 그러면 싱글벙글당과 유우 군이 생각난다. 그리고 빨리 여름이 되어 싱글벙글당과 유우 군이 오면 좋겠는데 하고 몹시 기다려지고, 또, 호소카와 놀이를 하고 싶구나 하고 가게 안을 유심히 관찰해 둔다.

언젠가 호소카와 부인에게 묻고 싶다. 이곳에 승합마차가 달렸던 시절의 일을 기억하고 있나요? 그 무렵에도 호소카와는 있었나요?

할 수 있습니다

〈뷰티 콜로세움〉이라는 텔레비전 프로그램이 있다. 미용성형 실험을 하는 프로그램이다. 그것이 방영되는 시간에는 나는 화면에서 눈을 뗄 수가 없다. 내가 보기에는 그대로도 예쁘다 싶은 사람도 모두 쌍꺼풀 수술을 하고, 턱이 약간 네모나서 제법 의지가 강해 보이고 나름 개성 있게 보이는 사람도 다들 턱을 깎아내고 싶어 한다.

그리고 모두 성형 후의 자신에게 만족하여 딴 사람처럼 밝고 시원시원하니 자신감에 넘친 표정을 한다. 나는 그런 모습을 볼 때마다 마음 한쪽에서 한심한 것들, 하고 말하고 싶어진다. 못생긴 채로 밝게 사람의 눈을 똑바로 쳐다보면서 살아온 나. "못생긴 건 저쪽 보고 있어"라는 말을 들었을 때에도, "너, 네 얼굴이나 보고 말해라!!" 하고 되받아쳐줬던 나다. 수술 후에는 모두 애매모호한 비슷한 얼굴이 된다. 아아, 세계는 이런 식으로 평평해지는구나. 울퉁불퉁함이 있어야 이 세상이 세상다운 건데. 그렇게 생각하면서도 어떻게 안 되는 부분이 있다. 다른 것은 노력이라든가 참을성이라든가, 드센 성깔 등을 총동원하면 어떻게든 된다고 생각했는데, 거대한 콧구멍만은 아무리 해도 숙명이다. 그래서 되도록 거울을 안 보도록 노력해왔다.

그리고 곰곰이 생각했다. 아아, 눈알이 얼굴 안에 묻혀 있어서 정말 다행이다. 초롱아귀같이 눈알이 얼굴 앞에 대롱대롱 매달려서 하루 온종일 내가 내 얼굴을 보고 살아야 한다면 살아갈 수 없겠구나. 옛날 일기를 봤더니, '남자들은 내 얼굴과 어떻게 타협을 해 온 걸까'라고 쓰여 있었다.

그래도 내가 굉장한 미인이었다면, 분명 무지 재수 없는 인간이 되어 있었을 거다. 나는 얼굴이 못생겼기에 인격이 비뚤어진 사실을 잊고, 힘차게 내 못생긴 몸을 격려하며 일생의 막바지까지 올 수 있었을 것이다. 그리고 이제 주름, 쳐짐, 기미 등이 꽃핀 노인이 되고 나니 마음이 아주 편안해졌다.

이제는 아무래도 좋다, 이 나이에 남자를 호리는 전쟁터에 나갈 일도 없다. 세상을 옆에서 볼 뿐이란 것이 얼마나 행복하고 마음 편한 일인가. 노년이란 것은 신이 내려주신 휴식이다. 온갖 의미에서 현역이 아니구나 하는 생각이 드는 것은 쓸쓸한 일만은 아니다. 폭신폭신하니 기쁜 일이기도 한 것이다.

그렇게 생각하고 있는데, 나왔다 . 〈뷰티 콜로세움〉에 예순네 살의 여자가 나왔다. 젊어져서 다시 한 번 연애를 하고 싶다는 여자가 나왔다. 뭐, 한 번 더 연애를 하고 싶어? 텔레비전 화면에 성형 전의 그 여자가 나왔다. 머리카락은 좀 심하다 싶을 정도로 부스스하고 입고 있는 옷도 후줄근한 게 노년의 회색빛 아우라를 잔뜩 뿜어내고 있었다. 조명도 주름과 얼굴 처짐이 더 심해 보이게 각을 잡은 것 같았다. 그 모습을 보면서 예순네 살인데도 여자의 집념이란 대단하다고 생각했다. 저 겉모습을 봐서는 전혀 아닐 것 같은데, 섹시함에 대한 그처럼 강렬한 바람이 저 사람 깊은 곳 어디에 잠복해 있었다니, 나는 그 성형 전 여자를 보면서 속이 보이지 않는 깊은 구멍을 보는 것 같았다.

내가 특별한 걸까. 내 안에서는 섹시함 같은 건 어디를 쑤

셔 봐도 나오지 않는다. 정신을 차리고 보니, 나는 텔레비전에서 영화를 보다가도 베드신이 나오면 화장실에 가거나 설거지를 하거나 한다. 흥미를 모두 잃은 거다. 그보다 전에는 광고가 나올 때 청소를 하거나 주변을 치우거나 했었지. 내가 잃은 것은 섹시함이라기보다 성욕 그 자체일지도 모른다.

사춘기 때는 책을 읽어도 야한 곳만을 몇 번이나 찾아 읽었다. 초등학교 때는 『집 없는 아이』의 어머니가 레미에게 몇 번이나 키스를 하는데, 나는 그 키스라는 말이 뭔 뜻인지 몰라서 어머니에게 "키스가 뭐야?"라고 물었다. 그때 어머니가 이상하게도 얼굴을 굳히더니 딱딱한 목소리로 "그 말 어디서 들었니?"라고 나를 째려봤을 때, 퍼뜩 깨달았다. 이건, 야한 거다. 어머니는 내 질문에 대답하지 않았다.

드디어 입맞춤이라는 말을 알았을 때, 그 입맞춤이란 말은 정말로 야했다. 지금도 키스보다 입맞춤이란 말에서 더 야한 느낌을 받는데, 이미 시중에서는 입맞춤이라는 말은 사어가 되어 있으리라. 어차피 이제는 나에게 키스나 입맞춤이나 모두 사어다.

평온하게 죽음을 향해 하강해가고 싶다. 그렇게 생각하면서도, 뭐, 예순넷에 성형, 어떻게 될까? 하는 엿보고 싶은 마음, 그 지극히 속물적인 호기심은 죽지 않았다.

드디어 성형 후의 아줌마가 빛 속에서 나타났다. 나온 것은 탤런트 노무라 사요코 풍의 강렬한 미녀였다. 도저히 동일인으로 보이지 않았다. 그 사람의 64년 인생의 고락이 옛 모습과 함께 깎여서 버려진 것 같았다. 깎아내는 일은 메이크업 아티스트와 스타일리스트가 했겠지만, 무엇보다 그 아줌마 스스로가 깎아내 버릴 기백을 갖고 있었던 게 아닐까.

주름, 기미, 처짐도, 뭔가를 주입하거나 광선을 쪼이거나 해서 없앤 모양이고, 복부 지방도 빼낸 모양이다.

"어떠세요?" "만족합니다." "스스로 자신을 몇 살이라고 생각하십니까?" "오십." 정말로 오십 정도로밖에 보이지 않는다. "그럼, 연애는?" 아줌마는 마치 목소리도 성형을 한 사람처럼, "할 수 있습니다"라고 또랑또랑하게 대답했다. 그 목소리도 어쩐지 섹시했다.

"가장 기쁜 것은 허리 통증이랑 무릎 통증이 사라진 겁니다." 허리와 무릎도 오십이 되기로 작정한 건가. 몸은 신비로운 거구나. 나는 이후 아줌마가 어떤 인생을 살지 밀착 취재라는 걸 해보고 싶어졌다.

"당장 많은 분들이 만남을 청해주셨어요." 이런. 만남을 청

해줬다는 말본새가 딱 예순넷이네. 당신, 말에서 나이 냄새가 나지 않게 주의 좀 하세요.

어렸을 때, 아버지는 저녁을 먹으면서 자식들에게 설교하는 버릇이 있었다.

"인간은 새끼손가락이 구부러진 것을 고치기 위해서라면 천릿길도 멀다 않고 간다. 하지만 마음이 구부러진 것을 고치는 사람이 이웃에 있어도 가지 않아"라는 이야기를 몇 번이나 했다. 그때 나는 어린 마음에도 내 마음이 구부러진 걸 나 자신이 어떻게 안단 말이야 하고 생각했다.

아버지가 이 〈뷰티 콜로세움〉을 봤다면 뭐라고 할지 궁금하다. 이건 새끼손가락이 구부러진 정도가 아닌데.

겉모습을 오십으로 만들어 놨더니 허리와 무릎이 나왔다고 하는 것은 쇼크였다. 누군가 위대한 사람의 어머니가, 욕정이란 건 몇 살까지 남아 있을까란 질문을 받고, 부젓가락으로 마냥 재를 휘저었다고 한다. 역시 재가 될 때까지란 말인가. 여자라면 누구라도 그런 걸까. 그렇다면 나는 고목인가. 나는 여자가 아니라 그냥 사람인 걸까. 혹은 사람도 아닌 걸까.

미망인 가오루는 글래머러스한 몸을 가진, 예순 가까운 나의 친구다. 같은 늙은 여자 싱글이라도 몸매가 글래머러스한 가오루 쪽이 온몸으로 여자다. 정력적인 현역이다. 같은 늙은 여자 싱글이라도 미망인인 쪽이 더 섹시하게 느껴진다. 이혼녀는 여자로서는 결격자라고 세상은 생각하는 듯하고, 당사자인 나 역시 어딘가에서 그렇게 생각한다.

가오루가 말한다.

"이제 글렀어. 파트뿐이야." "파트라니, 무슨 말이야?" "전부가 아니라고. 운전기사용이거나 식사용이거나, 하는 파트라고." 우우움. 그대 제법이군. "자, 사노 씨 힘내. 운전기사용 정도는 있지?" "없을걸" 하고 그 자리에서 다른 친구가 말한다. "이 사람, 길치여서 여기저기 헤매면서도 늘 혼자서 다니는걸. 가오루는 차가 있는데도 야쓰가타케 산장에 자기 손으로 운전해서 온 적이 없어. 사노 씨가 졌네." 나는 묻는다. "그 운전기사용은 야쓰가타케에서 자고 가?" "무슨 소리야? 후후후." 그다음을 물어보고 싶은데 못 묻는다.

"나도 말이지, 나도 말이지, 한밤중에 180킬로, 서른 살 남자한테 운전 시켜서 달린 적 있어." "어머-, 거봐 사노 씨도 있대잖아. 누구?" 가오루는 화사하게, 여유로운 목소리로 묻는다. "아들 친구. 여기서 10분 있다가 그날 밤으로 도쿄로 돌아갔어. 아르바이트비 만 엔 지불했어." "아이고, 그래 가지고서야 가오루 씨랑 겨룰 수 있겠어?" "그래서 식사용은 식사하자고 그쪽에서 먼저 전화 걸어와?" "물론, 그렇지." "어디로 가?" "여기저기." "프렌치 레스토랑?" "응, 일본요리일 때도 있고." "한 달에 몇 번?" "한 번이나 두 번."

옆에서 누군가가 "식사용 파트가 세 개는 있대." "가오루 너 바쁘겠구나." 나는 분하지도 않다. 정말로 안 분하다. 진짜다. "돈은 누가 내?" "그야아 먼저 청한 쪽이지." "더치페이 안 해?" 어떤 남자가 "해줄 마음도 없는 여자한테 누가 돈을 써?"라고 옛날에 말했던 게 기억났다.

난 기억해내려고 기를 쓰지만, 남자랑 둘이서 밥 먹은 기억이 없다. 그런데 가오루는 여전히 남자랑 둘이서 밥을 먹고, 게다가 더치페이가 아니라니, 그렇다면 가오루, 너?

"흥, 나도 있어. 낚시가 해금되면 가장 먼저 낚은 은어 한 마리나 두 마리 가져다주는 사람." "그거 아라이 씨지?" "그리고 가을이 되면 마당에 흰우단버섯 난 거 따러 오라고. 굉-장히 맛있어." "그것도 아라이 씨지? 식사 친구일 뿐이잖아." "좋아, 가오루 너, 우리 집 이 테이블, 누가 이틀 만에 만들어 줬는지 알아? 그 사람 남자야 남자." "와아, 졌다." "내 침대 곁에 두고 쓰라고 다리에 캐스터 달린 사이드 테이블도 만들어줬다고” 하고 코를 벌름거리자, “졌다, 졌어” 하고 가오루가 말하는데, “헹, 그거 사토 군 아니야?” 하고 친구가 들통 냈다.

“그래, 사토 군 맞아. 사토 군 한가하니까 뭐 일감 좀 찾아주라고 마리코가 내게 부탁했었거든. 정년 후 하루 종일 얼굴 마주하고 있으면 둘 다 초조해진다고.” “이건 사노 씨가 진 거야. 글쎄 보라고. 가오루는 아침부터 예쁘게 화장하고 옷도 차려입고 있는데 너는 얼굴도 안 씻고 있잖아. 옷도 그런 지저분한 청바지나 입고 있고 말이야. 네 손에는 담배가 뻐끔뻐끔인데 가오루 손 좀 봐. 저런 커다란 반지도 끼고 있잖아.”

그 〈뷰티 콜로세움〉의 예순네 살 아줌마는 가오루가 되고 싶었던 거다.

그러고 보니, 가오루는 아직 등산을 한다. 당연히 등산 친구가 있을 것이고, 등산을 하는 날이면 당연히 마중, 배웅이 있고, 골프 친구도 있고, 당연히……, 당연히……, 일 것이다. 그러니까 가오루는 허리나 무릎이 아프지 않다. 역시 젊음은 이성에 대해서 현역일 때 생겨나는 걸까.

젊음과 늙음의 차이의 거의 대부분은 겉모습으로 판단이

내려진다. 그러니까 남자는 대머리에 대해서 그렇게 과잉반응을 하고 가리지 못해 안달을 하는 거다. 대머리 쪽이 정력이 뛰어나다는 속설이 있는데도 말이지.

예순네 살의 텔레비전 성형을 보면서 일본은 온통 죽을 때까지 현역, 현역 하며 매스게임을 하고 있다는 생각이 든다. 활기찬 노후라든가, 생기발랄한 노년이라든가 하는 문구들이 새겨진 인쇄물을 보면 나는 울컥한다.

이런 나이가 되어서조차 왜 경주 라인에 남아 있어야 하나. 우린 지쳤다고. 지친 사람은 당당하게 지치고 싶다고.

이제 인류는 장로의 지혜란 것이 없어졌다. 장로는 주름투성이어야 한다. 장로는 하루아침에 만들어지지 않는다. 장로는 괴로운 인생을 적어도 40년은 음미하면서 씹는담배 같은 쓴 즙을 계속 빨아야 한다. 그 쓴 즙이 인생의 지혜인 거다. 그러나 사람들은 모두 알고 있다. 장로를 필요로 하는 공동체 자체가 파괴되어 버린 것을. 그래서 사람들은 죽을 때까지 계속 개인으로 싸워야 한다. 지금 사회에서는 늙은 몸과 마음은 방해물일 뿐이며, 장로라는 것은 너무 오래 살아서 세금만 거둘 내는 존재인 거다.

그럼에도 나는 적어도 현역에서 내려와서 15년쯤은 노인

인 상태를 즐기고 싶은데, 하지만 어떤 노인이 되면 좋을지는
잘 모르겠다.

타인의 토끼

나의 제부는 대학교수다. 풍채도 꽤 훌륭한 거구의 남자로 일본에서 숀 코너리와 가장 닮은 사람이라고 할 만하다.

그런데 이 인간이 입만 열면 "처형, 우리 시골은요" 하고 말한다. 예를 들어 내가 "이 아래 강이 있는데, 아라이 씨 낚시 명인이잖아" 하고 얘기를 시작하면, 그새 내 말을 끊고 들어와 "우리 시골은 강이 굉장해요" 하고 내가 말한 아래 강은 쳐다보지도 않고 말한다.

나는 그가 태어난 시골 고향에는 가본 적이 없는데, '토끼 쫓던 그 산, 붕어 잡던 그 강'*이란 건 여기 얘긴가 하는 생각이 들 정도로 '아름다운 일본'의 원형 같은 곳이라고, 게다가 바다까지 있다고, 입이 험한 여동생조차 제부의 말을 거든다.

일제 숀 코너리는 모리 신이치森進一가 부른 〈어머니〉를 들으면 반드시 운다. 학생들에게 그 꼴을 보여주고 싶다. 제부에게 고향과 어머니는 동급인 모양이다. 〈토끼〉라는 모리 신이치의 노래가 있는데 그 노래를 들어도 펑펑 운다. 그 노래를 들으면 머릿속에 시골 풍경과 어머니가 화악 살아난다고 한다. 여동생은 "그으래, 그으래. 잘됐네" 하고 저쪽을 보면서 건성으로 대꾸를 해 주지만, 나는 늘 항상 마음속에서부터 고향을 그리워하는 그 마음이 부럽다고 생각한다.

고향이란 어떤 것일까. 자신이 이 일본의 대지에 단단히 뿌리내리고 있다는 안도감을 가져다주는 것이 고향일까. 나는, 당신의 원풍경原風景은 뭡니까? 라는 질문을 받으면 욱한다. 대답 안 한다. 재잘재잘 자신의 원풍경이 어떠니 하며 아무렇지도 않게 떠들어대는 작자는 경박한 작자라고 일단 생각한다. 그러나 제부가 "우리 시골으은" 하면, "칫, 또야" 하면서도, 그래 그래 이런 작자는 그런 이야기를 해도 좋아, 하고 생각한다.

____

* 〈고향〉이라는 일본 노래의 가사.

나한테는 고향이 없다. 나의 기억에 최초로 등장하는 풍경은 베이징의 집 마당, 마당에서 올려다본 진흙 벽에 둘러싸인 새파란, 그야말로 새파란 사각의 하늘, 그리고 그 아래 피어 있던 채송화와 땅 위를 기어가던 개미다.

차이나 풍 유리문에 박혀 있는, 만卍자와 비슷한 듯 다른 형태로 만들어진 문살이다.

그러고 나서 다롄으로 이사 갔을 때, 그곳 독일 풍의 거리와 아카시아의 숨 막히는 냄새다. 맨발에 새카만, 나와 비슷한 나이, 일곱 살 정도의 중국인 아이가 석탄을 지고 가는, 넓디넓은 아스팔트길이다.

그러고 나서 철수하는 배를 타고 바다를 건너왔다. 그래서 내가 처음 본 일본은 사세보佐世保였다. 아아, 배 갑판에서 멀리 보이기 시작한 고국은 무척 비좁은 짙푸른 덩어리였다.

처음 본 일본 땅이었으므로 그립다는 생각은 들지 않았다. 외지 사람은 일본을 내지內地라고 불렀고, 종전 후 2년 동안 조국으로부터 버려져 있었던 우리는 배가 고파도 "내지로 돌아가면" "내지 과자는" 하고 내지 일본에 온갖 꿈을 걸었다. 나에게 내지는 용궁 같은 것이었다.

배에서 내린 우리는 야마나시에 있는 아버지의 고향으로

향했다. 도착한 곳은 무척 가난한 농촌, 아버지에게는 그곳이 고향이었지만, 나에게 늘 그저 배가 고팠던 곳이었다. 본격적인 굶주림은 아버지의 고향에 와서 시작되었으니까.

쉰하나에 아버지는 죽었다. 그때 열아홉이었던 나는 혼수상태에 빠져 있던 아버지를 바라보며, 아버지의 혼(이란 것이 있다면)이 혼수상태 속에서도 그 가난한 고향의 집에서 바라보면 집 안으로 밀고 들어올 듯이 보이는 산, 헤엄쳐 건너서 학교를 가야 했던 후지 강, 그리고 물고기를 잡던 시냇가를 그리워하며 허위허위 다니고 있을 것 같았다. 아버지는 혼수상태에서 깨어나자 희미하게 눈을 뜨고 야마나시의 큰형은 아직 안 왔니, 안 왔니, 하고 눈으로 이리저리 찾으며 물었다.

아버지가 고향과 큰형을 향해 공허하게 손을 뻗고 있는 모습을 보고 있자니 나는 가슴이 강판에 문질러지는 것 같았다. 농사꾼의 7남인 아버지는 고향에서 마소보다도 못한 존재에 지나지 않았지만, 아버지는 고향을 사랑했다. 아버지는 고향을 사랑했지만 아버지의 고향과 고향의 사람들은 아버지를 사랑하지 않았다. 내 눈에는 그랬다. 죽을 때까지 내 집이 없었던 아버지는 네 명의 자식과 아내를 위해서 적어도 집 한 칸은 마련해놓고 죽고 싶었을 것이다. 아버지는 맏형이 목재

정도는 베어서 보내줄 것이라고 믿고 있었다. 하지만 열아홉인 나조차 알고 있었다. 아버지의 형, 나의 큰아버지는 아버지가 죽기 전에는 나타나지 않으리라는 걸.

그러나 사랑하는 것은 자유다. 아버지는 여자가 자기를 버렸는데도 그 여자에게 미련을 거두지 못하는 남자와 같았다. 자신을 사랑하지 않은 고향을 사랑한 아버지는, 그렇게 함으로써 어찌 되었든 자신의 영혼이 쉴 수 있는 거처를 마련한 것이니 (아버지의 일생이 결코 행복한 것이었다고는 할 수 없더라도), 부럽다고 생각해도 좋겠지.

우리 식구는 아버지가 죽은 후 아버지의 시골 근처의 한 오두막 같은 집에서 2년쯤을 더 살다가 시즈오카로 이사 갔다. 슨푸駿府 성 안이었다. 그곳에서도 2년쯤을 지내고 시미즈로 이사 갔다. 거기서 사는 5년 동안, 중학교는 시즈오카로 전철을 타고 다녔다. 시미즈와 시즈오카에 양다리를 벌리고 서느라 가랑이가 찢어지는 것 같은 불안정한 삶을 살았다는 느낌이다.

시미즈의 고등학교 시절 3년간은 기억이 날아간 건지 흐려진 건지 떠오르는 게 아무것도 없다. 굳이 기억해내야 한다고 강요받는다면, 눈 덮인 부분이 석양의 빛을 받아 분홍빛으로 물들었던 거대한 후지 산 정도라고나 할까.

열여덟에 도쿄로 나와서 사십여 년을 사는 동안 몇 번을 이사했는지 기억조차 나지 않는다. 언젠가 태어나서 이사를 몇 번이나 했는지 세어봤더니 서른아홉 번이었다. 그렇게 횟수를 센 후에도 아마 두 번인가 더 이사를 했을 것이다.

그래서인가 나는 내가 살았던 어느 곳에도 특별한 애착이 가지 않았다. 근처에 가면 그리움을 느끼는 곳도 있었지만 담담한 그리움일 뿐이다.

2년여를 살았던 아버지의 고향 근처 오두막을 찾아가 본 적이 있다. 거기서 살 때 우리가 살던 오두막과 후지 강 사이에는 논밖에 없었다. 우리의 작은 집에 참새가 날아와 또 다른 집을 만들었을 때는 무척 기뻤다. 그런 기억을 가지고 다시 찾아본 그곳은, 논이었던 곳에는 꽉 들어찬 집들 사이로 넓은 아스팔트길이 곧장 뻗어 있었다. 그 작은 오두막은 어디에도 없었다. 오두막 주위 드문드문 네 채인가 있었던 집들도 그 위치가 어디였는지 알 수 없었다.

거기서 그리워하는 마음을 느꼈다고 말하면 사기다. 실제로는 배신당한 것 같은, 그러면서도 한편 후련한 것 같은 기분이 들었다고나 할까.

나의 심정적인 고향은 베이징이었다. 중국은 혁명으로 인해 내가 살 때와는 다른 나라가 되었지만 나는 그것으로 되었다고 납득했다.

동네는 거리와 집들이 만드는 것이 아니라 길모퉁이나 그곳에 사는 사람들의 외침 소리와 냄새와 잡다한 소음이 만들어내는 거다. 북경의 우리 집을 나서면 벽돌로 된 좁은 골목이 있고 골목길 끝에는 다시 지붕 달린 문을 지나게 되어 있는데, 그러면 거기에는 광장이 기다리고 있었다. 아버지와 함께 도시를 돌아다니면 베이징의 구시가를 둘러싼 지붕 얹은 담벼락에 맞닥뜨리고 그 담을 따라 가면 반드시 동서남북 문 중 하나와 만날 수 있었다.

열려 있는 문을 볼 때면 나는 늘 그것이 사각형으로 된 빛의 창처럼 보였다. 그 문 안에서 짐을 실은 낙타가 나타나는 것을 본 적도 있었다. 먼지투성이가 된 낙타의 긴 속눈썹 위에는 노란색의 자잘한 모래가 수북이 쌓여 있었고, 그 속눈썹 사이로 쓸쓸해 보이는 눈동자가 천천히 움직이고 있었다.

전찻길 옆에는 아침 일찍부터 음식을 파는 포장마차가 북새통을 이뤘다. 거기서 흘러나오는 맛있는 냄새들과 사람들의 떠들썩한 소리들. 그것이 기억 속의 베이징이었다.

세월이 흘러 새로운 중국의 모습을 신문과 잡지를 통해 조금씩 접하게 되었다. 거리에 파리가 한 마리도 없다든가 개나 고양이의 모습을 찾아볼 수 없다든가 하는 이야기들. 개한테 먹일 음식을 없애서 인간에게 식량을 공급했다는 이야기들. 잘한 일이라고 생각했다.

60년 전의 베이징에서는, 겨울날 거리에 나가면 반드시 얼어 죽은 사람이 있어서 사람들은 그것을 넘어서 걸어 다녔다. 그런데 이제 거지가 없어졌다고 한다. 가족 동반 거지도 없어졌다는 거다. 정말로 잘됐다고 생각했다.

나는 겨울 베이징의 추운 아침에 품에는 아기를 안고 어린 아이들을 셋이나 거느린 여자 거지를 보는 것이 가장 무서웠다. 내일 우리 엄마가 거지가 되면 엄마는 엉-엉- 눈물 흘리고 나와 어린 동생들이 낑-낑- 울면서 빈 깡통을 들고 떠돌아다녀야 할 텐데 어떡하나 하는 생각이 드는 것이 무서웠다.

나와 어머니는 거지가 돼도 좋지만 몸이 약한 오빠와 비실비실 마른 아버지는 거지가 되어서는 안 된다는 생각이 드는 것이 무서웠다.

거지도 없어지고 불결한 포장마차도 없어졌다고 한다. 포장마차의 음식에는 언제나 새카맣게 파리가 꾀어 있었다. 파

리를 쫓으면 검게 보이던 떡이 정말은 하얗고, 파리가 꾈 정
도로 맛있는 떡이야, 하면서 좋다고 먹었던 일들도 함께 사라
졌다.

몇 억이나 되는 인간을 기아로부터 구한 국가는 굉장하다,
정말로 굉장하다.

중국에 갈 수 있게 되고 난 뒤에도 나는 선뜻 갈 마음을 내
지 못한 채 몇 십 년이 흘러갔다. 중국으로 밀고 들어갔던 제
국 일본을 나 혼자서 책임져야만 할 것 같은 마음이 들곤 했
던 것이다. 더구나 나는 거기서 제국 일본인으로 불편함 없이
살았었다는 것도 마음에 걸렸다.

간다 해도 내가 아는 거리가 이미 아닐 터였다.

몇 년 전, 중국의 홍위병이었다는 사람과 알게 됐다. 일본
에서 벌써 18년간 편집자 일을 하고 있었는데, 베이징 사람이
라는 것만으로도 왠지 엄청 반갑게 느껴지는 것이 나 스스로
도 신기했다. 나보다 스무 살 이상 젊었다. 10남매이고 문화
대혁명 때 가족 12명이 하방*당하는, 상상을 초월하는 체험
을 했던 사람이었는데, 거대한 몸에는 유유자적하는 아우라
가 있었고 얼굴에는 늘 웃음기가 있었다.

"있죠, 있죠, 당唐 씨, 이발사가 빨간 상자를 등에 메고 삐이

삐이 호각 불면서 나무 아래서 이발소 하는 거 알아요?” 하고 물었더니, “몰라요.” “그럼 물장수가 매일 일륜차에 물통 싣고 팔러 왔었나요?” “아니 수도가 있었어요.” “겨울밤에 홍시 팔러 오는 사람이 있는데, 속이 얼어서 셔벗이 되어 있는 거 아직 있나요?” “아니 그런 거 먹어본 적 없어요.”

55년이나 전의 일을 나는 말하고 있었다. 에도 시대 얘기를 하는 사람 같다. 나의 시간은 55년이나 굳어 있는 거다. 굳은 채로다.

당 씨는 내게 몇 번이나 베이징에 같이 가보자고 했다. 나는 그때마다 “으-응, 으-응” 하고 분명치 않은 대답만 돌려주었다.

4년 전 “이번에야말로 가요. 올해는 굉장할 거예요. 혁명 50주년 기념식이 있어요. 우리 형이 군에서 꽤 계급이 높은 사람인데, 비행기 쇼도 있대요, 그 천안문 거리의 퍼레이드가 잘 보이는 호텔을 잡아달라고 할게요. 응? 가요.” 나는 그제야

------

* 중국에서, 1957년부터 상급 간부들의 관료화를 막기 위해 실시한 운동. 간부들을 농촌이나 공장으로 보내 노동에 종사하게 하여 관료주의나 종파주의 같은 결점을 극복하려는 목적으로 실시했다.

대답했다. "묵는 거는 베이징반점이면 좋겠어요. 기억하고 있거든요. 거기로 카오야즈(베이징덕) 먹으러 갔었어요. 지붕 색깔도 기억나요."

군의 거물도 베이징반점은 안 통했다. 외국 보도진으로 전부 점령되었다는 말을 들었는데, 외국이라면 역시 근대적 호텔보다도 베이징반점이 좋다고 생각했겠지. 화가 우메하라 류자부로가 그린, 베이징반점 객실 창문으로 본 자금성이 내 기억 속의 자금성과 뒤얽혔다.

거듭 망설이던 나는 어느 순간에선가 마음을 정했고 여동생한테도 같이 가자고 했다. 여동생은 다롄에서 태어나 철수할 때는 아기였기 때문에 아무런 기억도 남아 있지 않을 거라고 생각했는데, "언니, 나 베이징에도 상하이에도 갔었어" 하고 말하는 걸 듣고 놀랐다.

여동생은 나보다 여덟 살 어린데, 8년의 세월 차이 때문인지 그곳을 다시 가보는 것에 아무런 망설임이나 회한도 없는 것 같았다. 그냥 바깥 나라로 즐거운 관광여행 가는 것처럼 보였다. 나는 여동생의 그러한 모습을 부러워하면서도, 마당에서 올려다 보이던 파란 사각 하늘도 기억하지 못하는 주제에, 하고 속으로 업신여겼다.

"나는 노는 걸 거절한 적 없는 것으로 유명한 여자야" 하고 신이 나서 들썽들썽하는 여동생은 놀 때는 정말 편리한 짝꿍이었다. 여동생은 생후 10개월에 어머니의 등에 업혀 축 늘어진 상태에서 고국에 상륙했다. 아버지는 "이 녀석은 일본까지 못 버틸 거야" 하고 반은 포기했었다고 한다. 영양실조였으리라. 2개월 후, 못 버틸 것 같던 여동생은 계속 살았고, 야무지고 참을성 많던 다섯 살 남동생이 덜컥 죽었다.

숀 코너리 제부는 일전에 학회에 참석하느라 우리가 철수해올 때 상륙한 사세보에 갔다가, 일부러 항구까지 나가 보았다고 한다. 거기서 "아아, 이곳이 아내가 아기였을 때 일본으로 돌아온 곳이구나" 하는 생각에 눈시울이 촉촉해졌다고 한다. 고향이 있는 인간은 인정이 깊어서인가, 그 말을 할 때의 제부의 모습이 인상에 깊이 남았다.

마코토 씨가 "버블이 터진 후의 잔해 보고 싶지 않아요?" 하기에, "보고 싶어요"라고 대답하고 보러 갔다. 마침 집에 있던 당 씨도 같이 가자고 했다.

6천 평에 60만 엔 하는 것도 있었다. 산 중턱에 깎아 놓은 평지였는데 2, 3백 평으로 구획을 지어놓았고 수도, 전화, 전기 시설이 완료돼 있었는데 그 위로 풀이 제멋대로 자라 야생의 들판이 되어 있었다.

집이 한 채도 서지 않은 상태에서 버블이 붕괴됐다. 경관은 훌륭했다.

"하나 더 6만 평에 60만 엔 하는 것도 보러 갈까요?" 해서, "가요 가요" 하고 또 따라갔다. 그것은 그냥 산이었다. "어디서부터 어디까진가요?"라고 묻자, "잘못 말했네, 6만 평이 아니라 60만 평이었어요."

산이 셋 정도 있고 골짜기도 있고 계곡물도 흐르고 있는데, 그냥은 물가까지 내려갈 수 없을 정도로 깊디깊은 골짜기도 있다. 산으로 올라가는 길도 없었다. 당 씨가 "내가 사겠습니다, 좋네, 좋아" 하고 말을 꺼냈다.

"뭐에 쓸 건데요?" 하고 묻자, "웅대한 경치를 사는 거예요, 좋네, 좋아."

'과연 중국인' 하고 생각했는데, "산에 출몰하는 멧돼지도 내 건가요?"하고 마코토 씨한테 묻는다. 당 씨라면 멧돼지를 잡아서 먹어버릴 수도 있다.

"중국 친구들과 여기서 뭔가 해서, 일본과 중국의 가교가 될 겁니다."

이삼일 지나서 마코토 씨는 "난처하네. 난 그냥 보여준 건데 당 씨가 제법 진심인걸. 세금 관계 같은 걸 묻더라고요."

그러나 얼마 지나서 당 씨는 "그만뒀어요. 태어나서 자란 베이징에 집을 사고 싶어요."

당 씨는 일본인 부인과 세 명의 아이들과 20년 가까이 일본에 살고 있다. 하지만 당 씨와 부인은 고향이 다른 것이다.

당 씨네 가족과 여동생과 나는 베이징 행 비행기를 탔다.

비행기 안에서 당 씨의 부인에게서 어떻게 결혼하게 됐는지 들었다. 부인이 베이징대학에 유학하러 갔을 때, 당 씨가 같은 대학 학생이었다고 한다.

아버지는 때때로 베이징대학에 가르치러 갔었다. 쉬는 날, 나는 아버지의 손을 잡고 학교까지 간 적이 있었다. 빨간 벽돌의 높은 건물 앞에서 나는 아버지가 나올 때까지 기다렸다.

조용한 큰 건물을 올려다보면서 아버지가 이제 이 건물에서 영원히 안 나오는 건 아닐까 하고 불안했던 기억이 난다.

"국제결혼을 하면서 뭐가 가장 걱정이었나요?"

"지금은 평화롭지만 만약 전쟁이라도 나면 어떻게 될지, 그게 가장 걱정되었어요. 도저히 결심이 서지 않는 거예요."

정말로 고민했겠구나. 일본인끼리 결혼할 때도 고민하는

데. 건강한 세 아이를 보고 있자니, 그때에도 분명 당 씨는 웃음기 어린 얼굴로 "괜찮아, 괜찮아" 하고 설득했을 거라는 생각이 들었다.

혁명 50주년 기념식. 우리는 호텔에서 중국 군대의 퍼레이드를 하루 종일 지켜봤다. 군인들이 마치 어디서 솟아나기라도 하는 듯이 행진이 끝도 없이 이어졌다. 전차도 크르르릉 소리를 내며 지나갔다.

천안문으로 이어지는 넓디넓은 거리 맞은편에는 거대한 빌딩들이 서 있다. 모두 새 건물이고, 일본의 빌딩과 어딘가 다르게 거대했다. 중국적 거대함과 새로움이었다. 내가 어렸을 때 봤던 땡땡전차電車가 지나다니던 길은 기억해낼 수도 없는 과거였다.

그 건물들을 보면서 내가 전에 살던 집을 찾아보고 싶다는 마음은 사라졌다. 옛날 살던 집을 찾아보려 한 것은 싸구려 감상에 지나지 않았다는 생각이 들었다. 창피했다. 당 씨는 내가 기억했던 번지를 지도에서 찾아내려고 했지만, 주소 표시가 다르게 되어 있었다. 그러자 당 씨는 어디서 구했는지 오래된 지도를 가져와줬다. 그것을 들고 당 씨의 부인과 아이들까지 함께 그럴싸한 장소를 찾아 얼쩡거렸다.

사람들은 고층 아파트에 살고 있었다. 내가 아는 진흙 담에 둘러싸인 오래된 골목은 거의 남아 있지 않았다.

겨우 남아 있던 오래된 골목으로 들어가 걷다가 어느 집 마당으로 들어섰다.

집 입구에 석류나무가 있었다. 노인이 석류나무 아래 앉아 있었다.

줄줄이 뜰 앞으로 들어선 우리를 노인은 무척 친절하게 맞아 주었다.

집 안은 싸늘했지만 노인은 우리를 집 안에 들였고 노인의 아내로 보이는 사람이 차를 내왔다. 집 안의 싸늘한 느낌만이 내가 알던 55년도 더 된 옛날 베이징의 집의 느낌이었다.

당 씨와 노인은 중국어로 뭔가 얘기에 몰두했다. "아- 이 집도요, 이제 곧 새 아파트가 들어설 겁니다."

나는 당 씨가 옛날 집을 찾고 있다고 노인에게 얘기했을 거라고 생각했다. 나는 노인이 나의 방문을 불쾌해하지 않을까 하고 조마조마했다. 노인은 몇 번이나 나를 향해 고개를 끄덕이며 웃어줬다. 웃었다가 아니라 웃어줬다고 생각한 것은 다섯 살이었던 나에게도 제국 일본의 책임이 있다는 부채감 때문이었을까. 돌아올 때, 아줌마는 작은 나무 열매 같은 것을 가는 고무줄로 연결한 팔찌를 선물로 줬고, 노인은 석류를 세 개 정도 따서 건네주며 웃는 얼굴로 우리를 배웅했다.

그다음부터는 나와 여동생은 보통의 관광객이 됐다. 어느 나라든 사람들은 한없이 선량하고 동시에 한없이 인색하고 교활하다.

나와 여동생은 관광용으로밖에 남아 있지 않은 인력거를 탔다. 큰 거리를 횡단했을 뿐인데도 택시요금의 10배 가격을 불렀다. 탈 때는 10분의 1 가격이라고 하지 않았나, 당신은 그렇게 말했다고, 어느 나라 말인지 모를 말로 나는 아우성쳤다. 인력거꾼은 무시무시한 얼굴로 중국어로 마구 떠들어대며 팔을 흔들면서 성큼성큼 나한테 다가왔고, 나는 설설 기며 뒤로 물러났다.

여동생은 남자의 손에 지폐를 밀어 넣고 내 손을 잡아당겨 백화점 안으로 뛰어들었다. "너, 너, 얼마, 얼마 줬니?" "처음 부른 가격." "너, 그 아저씨 아직도 소리를 지르고 있어." 둘은 달리면서 손을 잡고 돌아보고 돌아보며 그르렁그르렁 거친 숨을 내쉬었다.

그러고 나서 여기저기 둘러보다가 캐시미어 스웨터 등을 잔뜩 사서는 출구로 갔는데, 앞서 걷던 여동생이 "꺄아" 하며 돌아와서는 "있어, 있어" 하고 깔깔 웃으면서 나를 붙잡고 다시 안으로 들어갔다. "누가? 누가?" "인력거꾼, 인력거꾼." "엉?" "출구에서 지키고 있어" "엉?" "손님 기다리는 거 아닐까?" "안에 더 있다 나가자."

우리는 다시 필요하지도 않은 예쁜 것들을 더 사고 말았다. "다른 출구로 나가면 됐을걸. 이쪽으로 나가자." 여동생은 다시 굉장한 기세로 돌아왔다. "있어, 또 있어, 이쪽에." 인력거꾼은 한탕 뛰고 이쪽에 손님을 내려주고 그 자리에서 기다리고 있었던 모양이다.

또 베이징에 올 일이 있으면 나는 평범한 관광객이 되자.

당 씨는 10남매의 막내라고 했다.

당 씨의 형님 집에 초대받았다. 아파트였다.

중국인이 사는 아파트 안에 들어가 본 것은 처음이었다. 내가 알던 중국의 집은 모두 어둑어둑했지만 아파트는 밝았다. 창밖을 보니 또 다른 아파트가 시야를 가로막고 있었다. 사각 스페이스를 구획지어 방을 만들었고 방 배치도 일본과 다르지 않은 듯했지만, 하나하나를 자세히 보면 일본과 미묘하게 다른 것들이 있었다. 특히 기둥이나 창살 등을 노랗게 칠해놓은 것이 이색적이었다.

그러나 얼마 안 있어 전 세계의 집은 모두 같아질 것이다. 건축 잡지에 나오는 것 같은 국적불명의 모던한 집으로 바뀌어 갈 것이다. 부자부터 먼저 국적불명이 될 것이다.

아침밥을 대접받았다. 아침밥인 죽은 밖에서 사온다고 했다. 죽 위에 튀긴 빵을 잘게 찢어 올려놓은 것이 반가웠다.

막내인 당 씨는 가족 중에서 특별히 키가 컸다. 형을 내려다보는 당 씨의 표정이 때때로 막내 표정이 되는 것이 재미있었다.

그 형이 몇 번째 형인지 모르겠다. "맨 위의 형은 나한테는 아버지 같아요." 그러니까 분명 맨 위 형은 아니었겠지.

어른이 된 형제가 만나는 것은 좋구나 하고 생각했다. 고향이란 것은 땅이 아니라 사람일지도 모른다.

옛날에 일본 공산당원 중에 이토 리쓰라는 사람이 있었다. 자기의 사상과 신념에 따라서 일본을 버리고 러시아인지 중국인지로 건너간 사람이었을 것이다.

꽤 오래전 이야긴데, 그 사람이 늙어서 일본으로 돌아왔다는 뉴스가 신문에 실렸다. 돌아오면 재판을 받아야 했을지도 모른다. 귀국한 이유는 고향으로 돌아가고 싶어서라는 거였다. 그때 신문에서 그 기사를 읽고 나는 별안간 깨달았다. 어떠한 사상도 신념도 믿을 만하지 못하다. 머리로 생각한 것은 고향을 그리워하는 마음을 이기지 못한다.

원래 고향이라는 것에 아무런 관심도 없었던 나지만, 그 기사를 본 이후로 머리로 생각한 것에 대해서는 그다지 신뢰를 보내지 않게 됐다. 생각하는 머리도 없으므로 오히려 잘됐다고 생각했던 건지도 모른다. 나는 야만인인 채로 어른이 되고 야만인인 채로 죽으리라.

그리고 세월은 화살처럼 흘러, 얼마 전에는 요도호 사건[*] 사람들도 돌아왔다. 고향이라는 것은 머릿속이 아니라 세포를 흐르는 핏속에 존재하는 것이리라.

토끼 쫓는 산, 붕어 잡는 강만이 고향은 아니다. 삼십대의 남자가, 어릴 적 자신이 놀던 놀이터는 신주쿠 부도심의 빌딩 안이었다, 이쪽 빌딩 저쪽 빌딩의 에스컬레이터를 오르락내리락 하며 번쩍번쩍 빛나는 거대한 빌딩 속에서 숨바꼭질을 하며 놀았다, 고 하는 얘기를 들었다.

---

[*] 일본 최초의 비행기 하이재킹 사건. 1970년 과격 좌익 세력인 적군파 요원 아홉 명이 일본 항공 여객기를 납치해 북한으로 도주했다.

해질녘, 해가 저물 듯 저물 듯 하면서도 끝내 버티며 신주쿠의 하늘을 붉게 물들일 때 그 아래 빽빽이 들어선 빌딩들을 바라보면 가슴이 죄여온다고 말했다. 왠지 멋있구나.

아는 젊은이를 차에 태우고 달리는데, "웃, 여기는 내 고향, 웃, 개구리공원, 반가워라" 하고 말했을 때도 놀랐다. 아파트 단지가 고향인 사람도 있는 거다.

"저기 모퉁이에 있는 초등학교를 다녔는데, 입학식 때 등에 멘 가방에 벚꽃 꽃잎이 대여섯 장인가 달라붙었어요. 여기 벚꽃이 내 벚꽃인데-" 하고 눈동자를 두리번거렸었다.

무슨 일 때문이었는지는 몰라도, 마코토 씨는 부모로부터 의절을 당해서 오랫동안 기타가루이자와에 돌아가지 않던 때가 있었다고 한다.

그 세월 동안 마코토 씨의 마음속에는 언제나 아사마 산이 떡하니 서 있었다고 한다. "그래서 아사마 산이야말로 내가 기댈 곳이었다는 걸 알았지요. 아사마 산만 있으면 난 흔들리지 않을 것 같았어요."

그런 얘길 들을 때 뿌리 없는 풀인 나는 마코토 씨의 그 고향이 부러웠다. 그의 마음은 왠지 그 고향이 있어 떡하니 흔들리지 않을 것 같았고 그에 비해 나의 마음은 왠지 위태롭기만 한 것 같았다.

그러나 난 역시 망설임 없는 일본인이라고 생각한다. 처음 가본, 산이 있거나 논이 있거나 한 장소에서, 저물녘이 되어 어딘지 모르는 곳에서 뎅- 하고 사찰의 종소리가 울려오거나 할 때가 있다. 그러면 나는 처음 온 곳인데도 천 년이나 전부터 거기에 있었던 것처럼, 가슴 깊이 그리움을 느끼며, 아, 나는 천 년이나 계속 일본인이었구나 하고 생각하게 된다.

언젠가 함께 있던 사람에게 "엄청 그립지 않아?" 하고 물었더니, "전혀, 아무렇지도 않아" 하는 대답이 돌아왔다. 어째서일까? 나는 울컥해서 '너 일본인 맞니?' 하고 속으로 비난하면서, "외국에서 죽어도 아무렇지도 않아?" 하고 다시 물었더니, "아무렇지도 않을걸" 하고 그는 대답했다. 이런 사람하고는 친구가 되고 싶지 않다. 그리고 어느새 친구가 아니게 되어 있었다.

수수께끼의 인물 하야시 씨

"있지, 당신 집에 인삼 안 쓴 거 오래된 거 있어?" "그런 거 없어. 그러고 보니 누군가한테서 가루로 된 거 받았었는데 버렸어." "아니, 가루로 된 거 말고 주름투성이 할아버지가 가랑이 벌리고 서 있고, 털이 난 거 같은 거 말이야."

꽤 오래전에 나는 한국 친구에게서 인삼을 선물로 받았다. 매우 고가의 것인 듯했는데, 나는 그것은 남자들이 먹는 정력제인가 하고 생각하고 있었기 때문에 몇 년이나 먹지 않고 내버려뒀다. 그러다가 요리책에서 '삼계탕'이란 요리를 봤는데, 닭을 통째로 인삼과 함께 푹 끓인 수프였다. 뱃속에 찹쌀을 채우고 몇 시간이나 끓이는 거다.

만들어보니 맛도 아주 좋고 몸이 따끈따끈해지는 것이 뭔가 '효과가 있는' 느낌이 들었다. 감기에 매우 좋은 음식이다. 나는 감기에 걸린 것도 아닌데 부지런히 삼계탕을 만들어 먹었고 그러다가 인삼이 떨어져 더 이상 삼계탕을 끓일 수 없게 되었다. 그러고 나니 삼계탕 생각도 더 이상 나지 않게 되었다.

그런데 어느 날, 왠지 모르게 갑자기 삼계탕이 다시 먹고 싶어졌다. 나는 어느 집에나 먹지 않고 놔둔 인삼이 굴러다닐 거라고 생각하고, 사토 군 집에 갔을 때 물어봤던 거다.

사토 군 집에는 마침 수수께끼의 인물 '하야시 씨'가 와 있었다. 사토 군은 특별한 사람이라서 누구하고나 잘 친해진다. 남자들이여, 노후의 행복은 친구가 있나 없나에 좌우된다. 사토 군은 돈도 지위도 용모도 보지 않는다. 사토 군은 인간에 대해 평가의 경계선이 없다. 쓸데없는 잣대가 없다.

어느 날, 사토 군의 집에 갔더니 뺨이 붉고 반지르르한, 백발을 곱게 7대3으로 가른, 풍채 좋은 신사가 있었다. 그게 첫 만남이었다. 그 사람은 그 후 언제 봐도 화려한 흑백 스웨터를 입고 있었다. 대지가 가뭄으로 갈라진 것 같은 무늬다.

내가 마리코한테 "저 사람 스웨터 저거밖에 없대?" 하고 묻자, "아아니, 처음 만났을 때, 하야시 씨 그 스웨터 굉장히 잘 어울려요 했더니 쭈-욱 같은 스웨터만 입고 와. 저 나이에 저런 스웨터가 어울리는 사람은 하야시 씨 말고는 없어." 흑백의 스웨터는 거의 하야시 씨의 피부였다.

하야시 씨는 엄청 부자고 엄청 한가하고 엄청 건강하고, 경트럭을 타고 여기저기 엄청 돌아다닌다고 한다.

"저 사람 뭐야?" 하고 물었더니, 사토 군은 "글쎄 수수께끼의 인물이야"라고밖에 대답하지 않는다. 언젠가 수수께끼의 인물은 "젊을 때는, 나는 쇼난湘南 출신이라서 요트를 탔어요. 유지로*보다 전이려나" 했다. 아무래도 출신 계급도 성장 과정도 남다른 듯하다.

이 수수께끼의 인물은 요리의 달인이기도 했다. 언젠가 사토 부부와 함께 초대받아 갔더니 거기서 하야시 씨는 '낙지 샤브'라는 진기한 음식을 일류 요정에서처럼 멋들어지게 만들어 내주었다. 나는 골파를 그렇게 가늘게 썰지 못한다. 술

---

* 20세기 일본을 대표하는 배우 겸 가수인 이시하라 유지로를 말한다. 1950년대 중반 〈태양의 계절〉, 〈미친 과실〉 등 유복한 가정의 젊은이들이 사회의 모럴에 저항해 일탈하는 모습을 그린 태양족 영화의 대표작에 출연해 스타덤에 올랐다. 쇼난은 그런 태양족 영화의 무대였다.

을 마시는 글라스도 냉장고에서 차게 해서 김이 서린 상태로 내놓았다.

나한테 그런 식으로 사람을 대접하라고 하면 앓아누울 것이다. 마당에는 발밑을 비치는 조명이 많이 켜져 있었는데, 하나에 15만 엔 하는 조명을 자기가 직접 설치했다고 한다. 기계를 다루는 일에도 엄청 밝다는 이야기다. 덴엔초후田園調布에도 집이 있고 오모리大森에도 집이 있는 모양인데 뭐하는 사람인지는 아무도 모른다.

"뭐할 건데?" 마리코가 물어서, 나는 '삼계탕'이 얼마나 맛있는지 얘기해 주었다. 수수께끼의 인물이 말했다. "거, 먹어보고 싶네요." 그러나 인삼을 구할 수가 없다. 돈을 몇 만 엔씩이나 주고 구입할 마음은 없다. 다음 날 아침 일찍 전화벨이 울렸다. 이른 아침에 전화가 오면 누가 죽었나 하고 놀란다. "거, 인삼 말인데요, 그거 구할 수 없을까 해서 중화요리 '○○'에 갔더니 부인이 병에 걸려서 어제 문을 닫았더라고요." 그, 그렇게까지 해주지 않아도 되는데요. 다음 날 또 전화벨이 울렸다. "한약국에 갔더니요, 유리 병 안에 인삼이 들어있는데, 그건 파는 게 아니더라고요." 아, 네에, 기타가루이자

196

와에 한약국이 있던가요.

다른 날 또 전화가 울렸다. "거어 참, 인터넷에서 알아봤더니요." 나는 노인이 인터넷을 구사한다는 것만으로도 뒤로 넘어갈 것 같았다. "인삼 농가가 있더라고요." 앗, 일본에서도 인삼을 키우는구나. "모치즈키에 있는 농가예요." 모치즈키라면 금방이다. 1시간쯤 차를 달리면 갈 수 있다. 나는 전화 앞에서 연신 머리 숙여 절을 했다. "내가 갔다 오지요." 저, 저런. 정말로 경트럭을 마구 몰아서 갈 것 같아서 전화번호만 알려 달라고 했다. 거어 참, 수수께끼의 인물이로구나.

나는 인삼 농가에 바로 전화했다. "우리는 개인한테는 안 팔아요." 아저씨는 딱 잘라 말했다. 단단한 땅에 뿌리를 박고 있는 것 같은 목소리다.

"저, 많이 사면 파실 건가요?" "뭐, 그렇다면 안 팔지는 않지요." "최저 얼마만큼이나 사면 파실 건가요?" "글쎄에, 1킬로라면 안 팔진 않겠지요." 1킬로그램. 그런 가벼운 걸 1킬로그램이나 사서 어쩌라고. 농가 씨는 말한다. "비싸요, 처음 심어서 팔 때까지 최저 5년은 키워야 하는 거라고요. 인삼은 조금씩밖에 안 자라요. 우엉하고는 달라요. 뭐에 쓸 건가요?" "요리요." "호오." "5백 그램만 안 파실래요?" "으-음, 5백이라. 부인,

어디 살아요?” “기타가루이자와요.” “아- 기타카루이자와, 나
거기 가본 적 있어요. 거기, 쓰치야라는 쌀집이 있지요?” “있
어요, 있어.” “그럼, 한달음이지. 부인, 바깥양반더러 태워달라
고 해서 와요.” “남편이 없는데요……” “헛, 혼자요?” “네.” “남
편이 없군요. 흐응-”

나는 왠지 당황했다. “있었어요, 있었어요. 전에는 있었어
요. 둘이나 있었어요.” ……“엇, 둘, 호오-. 둘씩이나!!”…… 어
쩐지 기분 나쁜 침묵이 이어졌다.

“댁은 무슨 일을 하는 사람이요?” 아저씨가 충격에서 회복
한 모양이다. “그림 그려요.” “호오- 그림이라. 호오- 그림을
그려요? 화가 선생님이시구나.” 화가 선생님이란 말을 들을
정도는 아니라서 난처했다. 인삼 농가는 한가하구나. 왠지 어
쩌다가 내 일생을 고백한 것 같은 기분이다.

“5백 그램 택배로 보내주실 수 있나요?” “좋아요. 집에 팩스
가 있나요?” “있어요, 있어요.” “팩스로 계좌번호 보낼 테니까
계좌이체로 돈 보내주고, 돈 오면 바로 보낼게요. 돈 안 받고
보낼 순 없으니까.” 물론이지요, 물론이지요. “가격도 정확히
써서 보낼 테니까.” 네. 네.

바로 팩스가 왔다. 나는 바로 우체국으로 가서 돈을 보냈

다. 싼 것 같기도 하고 비싼 것 같기도 한 가격이다. 돈을 보내고 나니 기쁜 것 같기도 하고 분한 것 같기도 했다.

틈을 두지 않고 커다란 과자 상자가 택배로 왔다. 상자를 포장한 종이는 쭈글쭈글한 재활용 용지였다. 그 포장지를 보고, 농가는 물자를 아껴서 쓰는구나 하고, 옛날 인심이 후했던 시절의 일본인의 마음이 느껴져서 기분이 좋았다. 열어보니, 역시 상당히 낡아 보이는 빨간 과자상자가 나타났다. 좋은 느낌. 안에 편지가 들어 있다. 붓펜으로 쓴, 인삼처럼 구불탕거리는 글씨다. 어린, 덜 자란 올해 것도 넣었습니다. 이것은 튀김을 해서 먹으면 맛있습니다. 수염만 묶어둔 게 있는데, 이것은 가장 약이 되는 부분입니다. 편지를 들어내니 건조시킨 인삼이 많이 들어 있었다. 수염과 덜 자란 것은 덤인 모양이었다. 8천9백 엔어치다. 이만큼 있으면 삼계탕을 몇 년 동안이나 만들어 먹을 수 있을까.

인삼 농가 사람은 무척 좋은 사람인 것 같다고 생각하며, 닭 한 마리를 사러 산을 내려갔다. 터무니없이 큰 닭밖에 없었다. 우리 집에 있는 가장 큰, 양동이만 한 냄비를 스토브에 올려놓고, 장작을 열심히 던져 넣었다. 마늘 냄새, 닭 냄새, 희미하게 덜 자란 인삼 냄새가 온 집 안에 퍼졌다. 꼬박 이틀을 불에 올려놓고 끓여서, 드디어 쌀을 조금 많이 넣고 끓인 삼계탕이 완성됐다. 닭이 너무 커서 고니시키*를 넣고 끓인 것 같다.

매우 맛있었다. 냄비째 차에 싣고 사토 군 집으로 갔다. 물론 수수께끼의 인물 하야시 씨도 오라고 했다. 사람들은 냄비가 큰 것에 우선 환성을 질렀다. 뚜껑을 여니, 위를 향해 누운, 머리가 없는 거대한 닭이 있고, 뽀얗게 우러난 국물에 쌀이 조금 떠 있다.

다들 가만히 넋을 잃고 본다.

“이거, 이건요. 고기는 젓가락으로 뜯어지니까, 배 안의 쌀을 파내서 같이 먹는 거예요. 국물 많이 넣어서요.” 나는 한껏 기분이 고양되어 목소리도 높아진다.

“호오-” 하야시 씨가 나지막한 목소리를 냈다.

“헤에-” 마리코는 어느 쪽인가 하면 으스스하다는 목소리다.

“먹자, 먹자.” 사토 군은 왠지 자포자기한 목소리다.

나는 한 입 먹고, ‘역시 맛있어’ 하고 뱃속에서부터 만족했

다. 소리 내서 말하고 싶다. ……있지, 맛있지…… 그러나 사람들은 잠자코 국물을 홀짝이고, 고기를 뜯어서 먹고 있다. 조용-히 거대한 냄비 앞에서, 언제까지나 조용-하다.

마리코가 결국 말했다. "저, 이거 정말은 어떤 맛인 거야?" "이런 맛이야." 나는 맥이 풀렸다. "이런 거 먹어본 적이 없으니까, 이게 맛있는 건지 맛없는 건지 모르겠어." 사토 군이 말했다. "헷, 헷, 헷." 수수께끼의 인물이 웃었다.

그로부터 사흘간, 나는 거대한 냄비 안의 죽을 계속 먹었다. 먹을 때마다 맛있구나 하고 생각하면서 먹었다. "그거, 배변에 좋은 것 같아. 스르륵 나왔어." 그래-, 잘됐구나. 그러나 아무도 또 먹고 싶다는 말은 하지 않는다. 날이 지나면 지날수록 더 맛있어지는 건데.

매일 아침밥은 이 죽으로 하자. 이것은 국물이 진국이다. 굳이 거대한 닭 한 마리를 사서 넣을 거 없다. 닭 뼈라도 된다. 그러고 보니 근처에 양계장이 있었다. 재래종 닭의 달걀을 팔고 있다. 더 이상 알을 못 낳는 늙은 닭의 고기는 질겨서 먹을 수 없지만, 뼈에서는 좋은 육수가 나올 것이다. 닭 뼈는 봉투에 넣어서 백 엔이었다. 백 엔이라니, 싸구나, 기쁘구나.

집에 돌아와서 비닐봉지를 열고 닭 뼈를 꺼내 수도꼭지에서 씻었다. 한 마린가 했더니 닭 뼈는 무려 세 마리의 것이었다. 세 마리가 뼈만 남아 서로를 단단히 끌어안고 있었다. 나는 감동했다. 죽어서 뼈만 남아 꼭 껴안고 있다. 한 마리인 줄 알 정도로 단단히 끌어안고 있다.

그 뒤로 나는 매일 인삼죽을 먹는다. 아무에게도 말하지 않고, 아무하고도 나누지 않고, 씁쓰레한 죽을 먹는다. 국물은 한 번 분량씩 작게 나눠서 냉동해두고 먹는다.

그러고 보니 지난가을, 하야시 씨가 우리를 사과 농가에 데리고 가줬다. 나는 사과가 나무에 매달린 채 빨갛게 빛나고 있는 것을 처음 봤다. 굵지도 않은 가지에 묵직하게 사과가 매달려 흔들흔들 하고 있었다. 크기가 고르지 않은 사과는 가격이 아주 싸서, 딴 지 5분도 안 된 것을 많이 사서 지인들에게 보냈다. 하야시 씨와 농가 사람은 오래된 지기 같았다. 마리코에게 "하야시 씨 친척이나 뭐 그런 관계?" 하고 물었더니, "아아니, 때마침 요 앞을 지나다 알게 된 것뿐이래."

수수께끼의 인물 하야시 씨에게 감사하고, 어디서 알게 됐는지 수수께끼의 인물을 데려와서 나에게 소개해준 사토 부부에게 감사하고, 얼굴도 모르는 인삼 농가의 주인에게 감사하고, 아직 직접 요리를 할 수 있고 맛있다고 생각할 수 있는 내 나이에도 감사한다. 정말 맛있는데 말이야.

돈으로 산다

집을 비웠더니, 택배 아저씨가 와서 부재중 방문했을 때 놔 두는 전표를 우편함에 넣어 두고 갔다. 보낸 사람의 이름이 적혀 있었다. 앗, 산인山陰에 사는 그 사람이 올해도 생선을 보 내줬구나. 작년에도 오징어와 조개를 잔뜩 보내 줘서 혼자서 는 다 먹을 수가 없었다. 매년 보내준다.

다음 날도 사토 일행과 좀 멀리 떨어져 있는 미술관에 가기 로 되어 있던 터라, 나는 나가면서 마분지에 '택배 아저씨께. 도장은 상자 안에 있으니까 물건을 놓고 가주세요'라고 써 두 었다.

어디든 외출했다 들어오면 하루가 다 가기 때문에 대개 저녁을 먹고 돌아오게 된다. 저녁식사를 어디서 먹을지 정하는 것이 제법 큰일이고 꽤 기대되는 일이기도 했지만, 그날은 사토 일행을 만나자마자 "있잖아, 오늘 우리 집에 생선이 올 거야. 아마 회를 먹을 수 있을 테니까, 저녁은 우리 집에서 먹자"라고 말했다. "하지만 요코 씨 집에 들르려면 다른 길로 돌아가야 해." "괜찮아. 조금 먼 길로 돌아도 생선이 먹고 싶어" 하고 마리코도 말했다. 돌아올 때에는 길을 헤매기도 해서 자꾸만 배가 고파왔지만, 모두 참았다. 캄캄해져도 참았다. 사토 군은 아마도 생선 따위 아무래도 좋아, 라면이라도 먹고 싶다, 라는 말이 목구멍까지 올라왔을 것이다.

집에 도착하자 현관에 하얀 상자가 놓여 있는 게 어렴풋이 보였다. "거 봐, 왔잖아. 생선이야, 생선" 하고 나는 집 안으로 상자를 들여놓고 불을 켰다. 그리고 불빛 아래 상자를 보고 어리둥절했다. 마리코가 "밥이다, 밥" 하고 나를 밀치듯이 하며 들어왔다.

"이거, 생선이 아니라 배잖아" 하고 말했을 때의 사토 군의 얼굴을 잊을 수 없다. 몸을 둘로 접고, 쿠렁쿠렁한 목소리로 "헛헛허-엇, 뭐-라고?" 난처하기 그지없었다. 내 지레짐작으로 사람들을 낭패 보게 한 것이 창피했다. "배는 밥반찬이 안

되니까-” 그날 어디서 저녁을 먹었는지는 생각나지 않는다. 나는 ‘사람이 말이야, 일관성이 있어야지-’ 하고 애꿎게도 보내준 사람에게 화를 냈다.

훌륭한 배였다. 봉투에 여러 개를 넣어서 마리코에게 들려 보냈는데도 여전히 상자 안이 그득했다. 다음 날 또 몇 개인가 봉투에 넣어서 아라이 씨 집에 들고 갔다.

나는 뭐든 받으면 아라이 씨 집에 가져간다.

어느 날 아라이 씨로부터, “정금나무 열매가 다 떨어지려고 하네요” 하고 전화가 걸려왔다. 정금나무 열매는 블루베리보다도 훨씬 훌륭하고 맛있다. 아무 데서나 나는 것이 아니다. 잼으로 만들면 나는 아무한테도 주지 않는다. 정금나무 열매의 나무는 아라이 씨 집 작업 오두막 앞에 세 그루가 서 있다. 열매가 검게 빛나고 잎사귀는 빨갛다.

아라이 씨 부인은 “이건 사노 씨 전용 나무예요”라고 말해 줘서 나는 그야말로 득의양양, 그런 얼굴을 하고 열매를 딴다.

어느 날, 아라이 씨 부부를 저녁식사에 초대했다. 초대했다고 할 정도의 음식을 차린 것은 아니지만, 나는 이렇게라도 평소 느꼈던 고마움을 표현하고 싶었다. 내 친구도 마침 와 있었다. 아라이 씨는 선물로 버섯을 한 바구니 가져왔다. 한 번도 본 적 없는 새빨간, 백설공주에 나오는 것 같은 둥글고 큰 버섯과 새하얀 버섯도 있었다. 아라이 씨는 그 버섯을 따기 위해 일을 끝내자마자 산에 올라갔다 왔다고 한다. 아라이 씨는 버섯 채취의 명인이라는 제목의 텔레비전 프로그램에도 나온 적이 있다.

버섯은 아마추어에게는 무척 위험한 것이어서, 버섯 때문에 죽는 사람도, 배탈이 나서 병원에 간 사람도 봤다. 이 마을은 습기가 많아서 버섯이 마구마구 나는데, 나는 절대로 따지 않는다. "이것은 버터로 볶으면 맛있지요"라는 말을 듣고, 버터로 볶아서 다 같이 먹었다. 색깔과 모양이 아름답고 신선했고 입에서 살살 녹았다. 다음 날 남은 것을 오믈렛 속에 넣어 먹었더니 더 맛있었다.

친구가 자기 전에, "너, 자연에서 나는 것으로 주는 선물이 진짜라고 했었잖아, 이런 거구나아" 했다. 우리는 어딘가에 선물을 가져갈 때 돈으로 산다. 그걸 당연하다고 생각했었다. "그-래." "그랬구나아."

나는 배를 받은 답례로 감자를 보냈다. 이 땅에서 나는 산물이긴 하지만 나는 돈을 주고 산다. 내가 남에게 주는 것은 모두 돈으로 사는 것들이다. 그리고 그 돈을 얻기 위해서 나는 나의 평생을 바쳐 왔다.

거의 대부분의 인간은, 특히 도시 생활자는 비슷비슷할 것이다. 나는 이 마을에 들어와 산다고 해도 돈으로밖에 살 수 없다.

텔레비전이 있다. 매일 보고 있다. 그 위에 지구본이 있다. 그 지구본은 모자걸이가 되어 모자를 쓰고 있다. 그 뒤에 회칠한 벽이 있다. 천장이 있고…… 이렇게 무한히 물건이 나를 둘러싸고 있는데, 그 모든 것들이 돈을 지불하고 얻은 것들이다. 숨 쉬는 데에도 분명 돈이 들고 있을 것이며, 물조차 공짜가 아니다. 아라이 씨 집에 가려고 타는 차조차 달리면서 기름을 소비한다. 너무 당연해서 깜짝 놀란다. 그런데도 잘 살아올 수 있었구나. 산등성이를 한 발로 뛰어 넘으며 살아온 것 같아서 오싹 한다.

막상 무슨 일이 벌어졌을 때 농업은 안심이 된다고 아라이 씨 부인이 말했었다. 그 안심을 얻기 위해 그 대가로 끊임없는 노동과 엄혹한 자연과의 싸움을 계속해야 한다. 내가 하는 일은 그 노동에 비하면 놀이 같구나 하고 늘 생각한다.

언젠가 아라이 씨에게서 "농사짓는 일은 어려운 일이에요. 내가 50년을 농사꾼으로 산다 해도 50번밖에 경험 못해요.

토마토를 재배하는 거라면 토마토 역시 50번밖에 경험할 수 없지요"라는 말을 듣고 충격을 받았다.

나는 실패하면 그 자리에서 쓱쓱 고치는 식으로 몇 천이나 되는 그림을 마구 그려댔다. 게다가 내 그림 같은 건 이 세상에서 없어져도 아무 문제 없다. 내가 사는 방식이 그토록 가벼우니 실로 내 인생이 위태롭다고 아니할 수 없다. 하지만 앞으로도 그렇게 살아가는 것 말고는 달리 방법이 없다.

섣달 그믐날 저녁, 갓 뽑고 갓 썰고 갓 삶은 메밀국수를 받으러 눈 속을 달린다. 한 해의 마지막 달 29일에는 떡 찧는 것을 보러 가서 방금 찧은 떡에다 무 간 것을 뿌려서 먹고, 정월 초하루용 찹쌀떡까지 받아온다.

내 마음은 그야말로 득의양양. 온 세상에 어떠냐, 어떠냐 하고 콧구멍을 부풀리면서 으쓱으쓱해진다. 돈 주고 산 것은 누군가에게 선물할 때 아무리 좋은 거라도 뭔가 등급이 낮은 것 같고 비싸게 산 거면 산 것일수록, 어딘가 더 치사한 느낌이 든다.

그래도 어쩔 수 없지요. 어쩔 수 없다고요.

그렇게 이곳에서 5년을 살아왔다.

이곳에서 앞으로 아무리 오래 산다고 해도 나는 땅의 사람이 아니고 땅의 사람으로는 될 수 없다. 어차피 도회 것이 잠시 해보는 변덕스러운 삶일 뿐이라고 명심하고 있다.

태어났을 때부터 뿌리 없는 풀로 태어나 여기저기를 배회하며 살았고, 어디에도 뿌리를 내리지 못하는 나 같은 사람들이 모여 사는 도회에서 인생의 대부분을 보냈다. 어쩔 수 없지요. 하지만 나도 나 나름으로 열심이었다고요.

아까도 아라이 씨가 전화로, "채소 가지러 와요"라고 하는 말을 듣고, 신이 나서 달려가 토마토와 피망과 가지와 강낭콩을 밭에서 많이 따왔다. 그리고 그것으로 우동과 채소 튀김을 만들어 점심을 먹었다. 엄청 맛있다.

어이, 뭐 불만 있냐. 나는 하느님이 아라이 씨 부부를 만나도록 손을 써 준 거야. 하느님의 편애를 받고 있는 거라고. 뭐, 불만 있어?

그러나 나는 그 은혜를 어떻게 갚아야 좋을지 모른다. 하느님, 고맙습니다.

마리코에게서 전화가 왔다.

"요코 씨가 좋아하는 도쿠시마 녹차를 할아버지가 보내주셨어. 가지러 올래?" "갈게, 가." 갔더니 마리코가, "녹찬 줄 알았더니, 전병이었어."

그리고 나는 또 분명 그 전병의 반을 아라이 씨 집으로 가
져갈 것이다.

만 예순이 되었을 때 젊은 친구들이 환갑을 맞은 나와 내 친구들을 위해 축하 파티를 열어줬다. 줄줄이 늘어선 환갑 먹은 할아범과 할멈들은 빨간 블라우스를 입거나 새빨간 조끼를 사서 입고 왔고 개중에는 화교의 부인들이나 입을 성싶은 새빨간 기모노를 입고 온 친구도 있었다. 축하 선물로 다 함께 빨간 스와치 시계를 받은 내 친구들은 다들 점점 더 신이 나서 더 왁자지껄 시끄럽게 떠들어댔다.

새빨간 기모노를 입고 나타난 친구는 내 옆에 와서, "있지, 있지, 예순이란 건 정말 멋진 나이 아니야? 드디어 뭐든 자유롭게 할 수 있는 때가 왔다고 생각 안 해? 정말이지 내 미래가 반짝반짝 빛나는 것 같아"라고 말했다. 그러나 나는 축하 파티 내내 머릿속이 멍했다. 나에게도 예순은 결국 왔구나, 이제 인생의 고비인 산등성이까지 올라왔으니 그다음은 굴러 떨어질 일만 남았구나, 하는 생각밖에 들지 않았다.

새빨간 기모노의 자못 기대에 찬 긍정적인 인생관 앞에서 나의 기죽은 심사가 좀 부끄럽게 느껴지기는 했으나, 아무리 생각을 돌려먹으려 해도 역시 이제 나는 굴러 떨어지는 거야, 하는 생각이 내 가슴속 깊은 곳에서 완강하게, 돌처럼 자리 잡았다.

새빨간 기모노 친구가 한 말은, 오카모토 가노코(岡本かの子, 1889~1939)가 늙어서 "살아 있기에 바야흐로 꽃이 피는구나" 라고 노래했던 것을 생각나게 했다. 그뿐인가. 다나카 스미에 (田中澄江, 1908~2000)는 체력적으로도 정신적으로도 육십대가 자신의 인생의 전성기였다고 썼다. 나로서는 꿈도 못 꿀 이 야기다. 또 있다. 쓰루미 가즈코(鶴見和子, 1918~2006)는 중증의 뇌경색 수술 후, 뿜어내듯이 단가를 노래했다고 한다. 오, 저 런. 이런 사람들은 모두 특별한 엘리트인 거다.

천재도 엘리트도 아닌 나는 환갑이 되었을 때, 이제 그만 인생에서 내리고 싶다는 마음뿐이었다. 내려서 터벅터벅 걷고 싶었다. "죽을 때까지 현역!!"이라며 스커트를 펄럭이며 빙글 빙글 도는 또래의 친구가 있지만, 쉰으로밖에 안 보이는 그 친구를 보면서도, 난 '난, 이것으로 됐어!!' 하고 생각했다.

나는 환갑이 넘어서까지 아득바득 살 이유를 찾아낼 수 없었다. 아이가 다 자라고 나자 나는 내 할 일을 다 한 것 같았다. 그래서 나는 별 생각 없이 하루하루를 살면서 밥 먹고 똥 누고 잤다. 깔깔 웃으며, 시선은 하늘보다는 내가 발을 디딘 땅을 향하고, 봄을 알리는 머위 꽃대를 찾으러 가서 감동하고, 도둑처럼 머위 꽃대를 따다가 조림을 만들어 밥에 올려놓고 "맛있어" 하고 감탄했다. 그리고 땅바닥에 딱 붙어 활짝 핀 이름 모를 작은 하얀 꽃을, 쪼그리고 앉아서 언제까지나 바라보았다.

그럴 때, 나는 뱃속 저 깊은 곳에서부터 진심으로 행복하구나, 이런 행복은 태어나서 처음이구나, 오늘은 죽지 않아도 되겠다, 하고 생각했다. 살아야 할 이유 없이 살아도 사람은 행복한 거야, 고마운 일이야, 고마운 일이야 하고, 실실 웃었다. 죽음의 계곡을 향해 걸어가면서 실실 웃는 나의 모습에 흠칫할 때도 있었지만, 그래도 내 얼굴은 계속해서 실실거렸다. 나는 행복했다.

이제는 일 같은 거 하고 싶지 않다. 돈도 못 벌면서 아흔까지 살면 어떡하지, 치매에 걸리면 어떡하지 하고, 어둠 속에 처박혀진 것 같이 불안할 때도 있지만, 그런 걱정을 아무리 되풀이 한다고 해도 변할 건 없다. 열심히 걱정한다고 해서 치매에 안 걸린다는 보증도 없고, 어쩌면 아흔 살이 아니라 백두 살까지 살 수도 있겠지만, 그렇게 사는 것을 멈출 수도 없다. 운 좋게 지금 당장 심장발작이 나를 덮칠 수도 있겠지만 그러나 그것은 사람의 힘으로 정할 수 있는 일이 아니다.

나는 그렇게, 그런 마음으로, 5년쯤을 군마 현의 산속에서 살고 있다. 겨울이 되면, 마을에 사는 사람들이 다 외지로 나가고 나밖에 안 남는다. 밤이 되면 잉크 항아리 속 같은 암흑 속에서 홀로 숨을 쉰다. 눈에 갇혀버리면 차고에서 차를 꺼내는 것도 불가능하다. 그런데도 굳이 여기서 생활할 필요는 없다. 도쿄로 돌아가도 아무도 뭐랄 사람은 없다. 그런데도 나는 이유도 없이 여기서 하루하루를 보낸다.

꿈을 꿨다.

책상 위에 하얀 꽃이 많이 매달린 노각나무 가지가 잔뜩 놓여 있다. 많은 사람들이 왔다 갔다 한다. 노각나무 가지 너머로 어떤 여자가 돌아다니는데 아마도 거기가 부엌인 모양이다. 그릇에 맑은 장국이 담겨 있다. 빨간 그릇은 저 멀리까지 끝없이 줄지어 놓여 있다. 내 역할은 맑은 장국에 건더기를 하나씩 집어넣는 것이다. 건더기는 노각나무 꽃이다. 나는 노각나무 가지에서 꽃을 따서 빨간 국그릇에 하나씩 띄운다. 계속해서 꽃을 따서는 장국에 띄우고 또 따서 장국에 띄운다. 점점 바빠져서 허둥대며 딴다. 그러던 중 어느새 나는 강물에 빠져 있다. 내 주위로 하얀 노각나무 꽃이 강물에 둥실둥실 떠 있다.

나는 헤엄치는 것도 아니고 안 치는 것도 아니게, 물속에서 손발을 바삐 움직이는데, 그랬더니 쪽빛의 물줄기가 생겨나 흐르기 시작한다. 위쪽에서 쪽빛의 염료 구슬이 떠내려 오고 있고, 거기서부터 짙은 색깔의 물이 배어나와 차차 옅은 색깔의 물줄기가 되어 흘러가는 거다.

구슬은 몇 개나 계속 떠내려 온다.

어느 사이엔가 강에는 그저 맑은 쪽빛의 물줄기만이 흔들리고 있고, 노각나무 꽃은 어디에도 보이지 않는다.

물은 차지도 따뜻하지도 않게, 졸졸졸 내 몸 바깥쪽으로 두 줄기로 나뉘어서 흐르고 그 흐름에 실려 쪽빛의 물줄기는 리본 같이 멀어져 간다. 이 얼마나 잘된 일인가. 이런 곱디고운 물에 떠 있는 나는 진정 복 받은 몸이구나. 그러다가, 아니야, 이건 진짜가 아니야, 이건 꿈이야 하고 꿈속에서 나는 생각한다. 그러자 나는 나무 잔교에 부딪혔고, 기어오르니 방금 잘라낸 나무 냄새가 나는 가느다란 다리가 곧장 물속으로 뻗어 있다. 나는 그 가느다란 잔교 위에 서 있다. 상쾌한 마음이 되어 멋지게 서 있다. 보니까 잔교 양쪽에 하얀 꽃을 달고 있는 노각나무 가지가 줄지어 서 있다. 이건 노각나무 꽃길이구나.

잔교 끝을 바라보니 나무로 만든 작은 신사神社가 있고, 그 앞에 아치의 형태로 된 입구가 세워져 있다. 아치의 가장자리는 하얀 노각나무 꽃으로 꾸며져 있다. 아아 그렇구나, 저기가 죽음으로 들어가는 입구인 거다. 호오- 이렇게 고운 곳이 죽음의 입구구나. 죽는 건 이렇게 기분 좋고 아름다운 거구나. 좋다!! 하는데 잠에서 깼다.

잠에서 깨고도 좋다!! 하고 나는 생각했다. 그리고 침대 머리께의 장지문을 열었다. 그러자 장지문에 가장 가까이 서 있는 나무가 하얀 꽃 한 송이를 달고 있는 게 보였다. 그건 노각나무였다. 진짜 노각나무였다. 엇, 엇, 어쩌면 난 이제 곧 죽을지도 몰라. 진짜 노각나무 꽃까지 피어 있으니. 좋다!! 좋지 않은가.

그러나 나는 죽지 않고 멀쩡하다. 그래서 매일같이 밥 먹고 똥 누고 잔다. 아라이 씨 집에 채소를 받으러 가고, 에리코 씨 집에 저녁 초대를 받아 가고, 사토 부부와 함께 사쿠에 있는 자스코*의 백엔숍에 가고, 치매 걸린 어머니 병문안 가고, 아니면 여동생과 다투거나 텔레비전 보다가 울컥한다. 나이 먹은 사람이 어찌 열네 살 소년처럼 울컥하는지. 나만 이렇게 울컥하는 정도가 더 심해지는 걸까. 그런 생각을 하다가 어느 순간 문득 기분이 울적해진 것을 느낀다. 걱정이 되어 친구에게 전화했다. "그거 당연한 거야. 혼자 있으면서 히죽히죽 하고 있으면 오히려 그게 더 으스스하잖아. 혼자 있을 때는 기분이 안 좋은 게 당연해." 그-래. 혼자 있을 때는 기분이 울적해지는 게 정상인 거구나. 그러면서 나는 어렴풋이 깨닫는다. 나는 그렇게 대답할 것 같은 까다로운 친구를 골라서 전화한 거였다.

나는 예순다섯이 되어 있었다.

---

* 일본의 대형 마트.

세 번째 쓰는 후기

어쩌다 보니 1년여 사이에 사노 요코의 책을 3권이나 번역하게 되었다. 〈열심히 하지 않습니다〉, 〈그렇게는 안 되지〉, 그리고 이 작품. 이 정도면 사노 요코와의 인연이 보통은 넘었다고 할 수 있겠다. 일 년 내내 작가와 함께 산 기분이다. 게다가 3권 모두가 사실상 저자 자신의 일상을 있는 그대로 드러낸 자전적 에세이다. 그것을 번역하며 저자의 경험과 생각과 느낌을 내 속에 투사해오다 보니 저자의 인생이 내 인생인지 내 인생이 저자의 인생인지 헷갈릴 지경이다. 아니 저자 인생의 어떤 부분에 대해서는 내가 더 잘 알고 있을 수도 있겠다는 생각이 들 정도다.

이 책 〈어쩌면 좋아〉는 저자가 60대에 도시를 벗어나 군마현의 기타가루이자와에서 생활하면서 쓴 글이다. 그러나 내가 번역한 다른 두 권은 저자가 40대에 쓴 글이다. 60대의 저자는 60대에 빠져 있을 수밖에 없지만, 그래서 40대 때의 경험과 가슴속의 추억이 가물가물해졌을 수밖에 없지만, 저자의 40대와 60대를 일 년 사이에 몰아서 번역한 나는 그럴 수 없다. 나는 이 책을 쓴 60대의 저자가 빠뜨린 옛 기억까지도 떠올려 책의 어떤 부분에서는 저자가 겉으로 표현한 범위를 넘어서까지 저자의 마음을 느껴야 했다.

저자 인생의 서로 다른 두 시기를 동시에 번역하면서(1년의 시차는 20년에 비하면 동시라는 의미에서), 나는 한 세대를 건너뛴 세월 동안에도 저자의 본바탕이 변함없이 유지되고 있다는 사실을 발견하고 기뻤다. 왜냐하면 나는 40대 사노 요코의 왕 팬이기 때문이다. 사람들이 나이 들고 나서 엉뚱한 소리를 해대는 것을 자주 봐왔기에, 혹시라도 60대의 사노 요코가 40대와는 달리 사람이 무뎌지고 딴 소리를 하는 것은 아닌가 하고 조금은 걱정했었다. 그러나 그것은 기우. 60대의 사노 요코는 40대의 사노 요코의 톡톡 튀는 매력 그대로였다. 그녀는 변하지 않았다.

나가노하라에 도착했을 때는 사방이 거의 어두워져 있었다. …
집도 불빛도 전혀 없었다… 자꾸만 불안해졌다… 돌아갈까도
생각했지만 여기까지 왔는데 억울해, 하는 마음이 들었다. 하
지만 아-무서워라.

20분을 더 달리자 무서움이 어둠 그 자체가 되어 나를 짓눌러
왔다. 그 무서움은 곰이 튀어나오거나 권총을 든 강도가 튀어
나오거나 하는 종류의 무서움이 아니었다. 왠지 소름이 돋기
시작했다. 만약에 곰이 나왔다면 "아아, 다행이다, 나 무서워"
하며 곰의 품에 안기고 싶은 마음이 들게 할 정도로 요사스러
운 기운이 감도는 무서움이었다.　　　　　　　〈보통이 아니야〉

어둠, 그것은 죽음의 상징이기도 한데, 그 아무것도 보이지
않아서 아무것도 존재하지 않는 것 같은 상태의 무서움을, 곰
이 나타나면 아, 나 무서워, 하며 곰의 품에 안기고 싶은 마음
이 들 정도로 무섭다고 표현하는 그 앙큼스러울 만큼 사노 요
코다운 시선을 이 책 곳곳에서 만날 수 있었으니까.

나는 40대의 그녀의 글을 보면서 30대의 그녀가 그린
〈100만 번 산 고양이〉의 눈동자를 느꼈다. 다시 20년의 세월
이 더 흘러 60대의 그녀를 보면서도 여전히 그 고양이의 눈

동자를 느낀다.

달라진 것이 있다면 그녀가 보는 세상의 깊이다. 40대의 그녀가 주로 보았던 것은 도시와 인위人爲와 개인과 남자와 여자 연애 사랑이었다. 60대의 그녀가 시선을 두는 곳은 다른 무엇보다도 자연이다. 그리고 그 자연이 포용하는 삶과 죽음, 나이 듦, 공동체와 가족 같은 것들이다.

사람은 나이를 먹음에 따라 세계와의 관계가 변한다. 세계와의 관계만 변하는 게 아니라 자기 자신과의 관계도 변한다. 나를 대하는 세상의 시각이 달라지고, 나를 대하는 나의 시각도 달라진다. 그러나 내가 나이가 네 살이든, 마흔 살이든 예순 살이든, 변함없이 나를 맞아 주는 것이 있다. 자연이다. 푸른 하늘은 네 살과 마흔 살과 예순 살을 차별하지 않는다.

60대의 그녀는 거울을 보고,

"거짓말, 이게 나야?" 하고 흠칫하는 순간을 제외하고, 혼자 있을 때 나는 도대체 몇 살일까. 푸른 하늘에 하얀 구름이 흘러가는 것을 바라보면 세계는 어릴 때와 다름없이 나와 함께 있다. 예순 살이든 네 살이든 '내'가 하늘을 보고 있을 뿐이다. 별안간 거미집이 얼굴에 달라붙었을 때 놀라는 마음은 일곱 살 때

나 마흔 살 때나 지금이나 다 같아서 그냥 내가 놀라는 것이다.

〈이거 사기?〉

자연은 그 변함없음으로 인하여 내가 언제나 변함없이 나라는 것을 보증해 준다. 내 몸이 늙었다고 하여 내 의식에 들어온 하늘이 누렇게 되지는 않는다. 나는 푸른 하늘과 아름다운 목련과 향긋한 나물과 함께 언제나 변함없는 '나'일 수 있는 것이다. 사노 요코가 20년이 지나서도 여전히 40대의 '나'일 수 있었던 것은 그가 도시를 떠나 자연의 품에서 살았기 때문일 거라고 나는 생각한다.

또한 사노 요코는 그 자연 속에 뿌리 내리고 자연의 순환에 맞춰 먹고 살아가는 사람들과 그들의 삶의 가치를 새롭게 발견한다.

언젠가 아라이 씨에게서 "농사짓는 일은 어려운 일이에요. 내가 50년을 농사꾼으로 산다 해도 50번밖에 경험 못해요. 토마토를 재배하는 거라면 토마토 역시 50번밖에 경험할 수 없지요."라는 말을 듣고 충격을 받았다.

나는 실패하면 그 자리에서 쓱쓱 고치는 식으로 몇 천이나 되

는 그림을 마구 그려댔다⋯⋯ 내가 사는 방식이 그토록 가벼우

니 실로 내 인생이 위태롭다고 아니할 수 없다. 하지만 앞으로

도 그렇게 살아가는 것 말고는 달리 방법이 없다.

〈돈으로 산다〉

그는 산촌에 살면서 이웃 후루야-에리코 부부를 따라다니

며 꿀이 어떻게 만들어지는지를 눈으로 본 후, 도시에서 돈

주고 산 꿀에서는 결코 맛볼 수 없는, 한 병의 꿀 속에 들어

있는 푸른 하늘과 사랑과 행복의 맛을 알게 되었다. 그가 얻

은 새로운 감수성이었다.

그건, 그건 말이지. 살짝 혀를 대서 꽃의 향기와 함께 나무 아

래 서 있는 에리코 씨랑 푸르고 드넓은 하늘이랑 들판의 꽃과

큰 밤나무가 혼연일체가 되어 입안에서 퍼지는 것을, 꿈처럼

맛보는 거야. 천천히 그게 온몸에 퍼지는 것을 느끼는 거야. 그

건 행복이란 거라고.　　　　　　　　　　〈그건, 그건 말이지요〉

자연의 자연스러움을 몸으로 느낀 그는 도시를 중심으로

전개되는 인위의 자본주의가 또한 어떻게 인간을 황폐하게

만드는가를 깊이 느낀다.

예순네 살의 텔레비전 성형을 보면서 일본은 온통 죽을 때까지 현역, 현역 하며 매스게임을 하고 있다는 생각이 든다. 활기찬 노후라든가, 생기발랄한 노년이라든가 하는 문구들이 새겨진 인쇄물을 보면 나는 울컥한다.

이런 나이가 되어서조차 왜 경주 라인에 남아 있어야 하나. 우린 지쳤다고. 지친 사람은 당당하게 지치고 싶다고.

이제 인류는 장로의 지혜란 것이 없어졌다. …사람들은 모두 알고 있다. 장로를 필요로 하는 공동체 자체가 파괴되어 버린 것을. 그래서 사람들은 죽을 때까지 계속 개인으로 싸워야 한다. 지금 사회에서는 늙은 몸과 마음은 방해물일 뿐이며, 장로라는 것은 너무 오래 살아서 세금만 거덜 내는 존재인 거다.

〈할 수 있습니다〉

핵가족은 노인을 감당하지 못한다. 핵가족은 성인이 되면 부모를 남겨두고 뿔뿔이 흩어지는 가족제도이다. 땅에 뿌리를 내린 공동체와 협력이 아니라 돈의 흐름을 따라 유동하는 도시 중심의 자본주의적 경제 체제가 만들어낸 새로운 가족

형태다. 핵가족은 노인을 감당하지 못하기 때문에 사람은 노인이 되어서까지 현역에서 뛰어야 한다. 그리하여 자식 세대와 부모 세대가 노동 시장에서 경쟁하는 지경에 이르고, 그리하여 자식 세대는 더욱더 부모를 편하게 부양할 수 없게 된다. 나이 들어 지혜를 가진 자로서 공경 받고 노후를 자식과 손주를 보면서 행복하게 보내는 것은 먼 나라의 꿈이 되어버린 지 오래다. 저자가 제기하는 이러한 문제의식은 우리나라의 현실과 조금도 다르지 않다.

저자의, 이 자유롭고 발랄한 책에, 2004년 제3회 고바야시 히데오상이 주어진 것은 그의 책 속에 배어 있는 이러한 문명 비판적 감수성, 혹은 지혜 때문이라고 할 수 있을 것이다. 고바야시 히데오상은 1년에 한 번씩 평론과 에세이 중에서 일본어의 풍요로운 표현에 기여한 책을 선정하여 시상하는 학술상이다. 창설 이후 지금까지 하시모토 오사무, 무라카미 하루키 같은 평론가, 소설가에서부터 뇌과학자, 수학자, 사회학자, 역사학자 등, 일본의 자유로운 지성들이 수상자로서 이름을 올리고 있다.

사노 요코는 시상식에서 심사위원들이 실수로 수상자를 잘

못 정한 거 아니냐, 먼저 간 고바야시 히데오 선생이 알면 무덤에서 벌떡 일어나지 않겠냐고 너스레를 떨었지만 저자가 만년에 집필한 이 에세이집은 문학적 향취를 넘어서 인생과 사회를 다시 한 번 생각하게 만드는 통찰력을 보여준다.

봄이 왔다. 2017년의 우리나라는 특별한 봄을 맞고 있다. 그 봄은 '산이 마치 터져 나오는 웃음을 억지로 참듯이 조금씩 부풀어 오르는가 싶다가, 갈색 돌던 산이 돌연 연분홍색을 띤 회색이 되고, 그러다가는 어느 날 갑자기 하얀색과 분홍색이 흩뿌린 점처럼 산 전체를 덮어' 버리고 마는 희망의 봄이었으면 한다. 그런 봄을 그리며, 〈100만 번 산 고양이〉처럼 서늘한 사노 요코의 아름다운 글과 그 속에 나이 듦에 걸맞게 점점이 뿌려져 있는 그의 지혜를 독자들과 함께 나누고 싶다. 좋은 책의 번역을 맡겨 주신 출판사에 감사드린다.

옮긴이 | 서혜영

서강대학교 국어국문학과를 졸업하고, 한양대학교 일어일문학과 박사과정을 마쳤다. 현재 전문 일한 번역, 통역가로 활동 중이다. 옮긴 책으로『그렇게는 안 되지』『기억술사1』『서른 넘어 함박눈』『고독한 밤의 코코아』『춘정 문어발』『열심히 하지 않습니다』『밤은 짧아 걸어 아가씨야』『토토의 눈물』『토토의 희망』『떠나보내는 길 위에서』『태양은 움직이지 않는다』『반딧불이의 무덤』『사라진 이틀』『보리밟기 쿠체』『모리사키 서점의 나날들』『한심한 나는 하늘을 보았다』『명탐정 홈즈걸』『하노이의 탑』등이 있다.

어쩌면 좋아

초판 1쇄 발행 2017년 5월 15일

지은이 사노 요코
옮긴이 서혜영

펴낸곳 서커스출판상회
주소 서울 마포구 월드컵북로 400 5층 24호(상암동, 문화콘텐츠센터)
전화번호 02-3153-1311
팩스 02-3153-2903
전자우편 rigolo@hanmail.net
출판등록 2015년 1월 2일(제2015-000002호)

ISBN 979-11-87295-02-0 03830